異世界刀匠の魔剣製作ぐらし
「はっはっは、ただいまルッツくん！
て驚きたまえ。」
鍛冶師
ルッツ

「俺は今、お客様の相手をしているんだ」
（すいませんね、こんな奴で）

「おいおい、こちらは貴族様だよ？」
付呪術師
ゲルハルト

商人
クラウディア
契約を取ってきたよ」
「どうやって
そんな注文を
取れたんだ？」

異世界刀匠の魔剣製作ぐらし

著 ― 荻原数馬　画 ― カリマリカ

Isekai tousho no maken seisaku gurashi

口絵・本文イラスト
カリマリカ

装丁
AFTERGLOW

Contents

プロローグ

「素晴らしい。ああ、実に素晴らしいな……」

玉座に座る大柄な老人はその手に握った剣を恍惚《こうこつ》の表情で眺めていた。

いや、よく見ればそれは剣ではない。海を越えた遥《はる》か東の技術で作られた『刀』と呼ばれるものであった。その鋭さ、その美しさから大陸では非常に貴重な物とされており、王の手にある刀は和平の証《あかし》として献上されたものである。

ただの刀ではない、その刀身には薄ぼんやりとした光を放つ古代文字が刻まれていた。大陸の技術で魔術付与をした証である。

これは人を支配する王者の刀。王はこの刀を兵の前で掲げた時、兵たちが一斉に跪《ひざまず》いた事を思い出し口角を吊《つ》り上《あ》げた。

……さあて、次は刀を打った職人どもを献上させてやろうかい。どうすればよいかな。

くくっ、と腹の底から笑いがこみ上げてくる。何もかもを諦《あきら》めかけていた人生が、この刀を手にした事で急に色づいたような感覚だ。

長テーブルを囲む側近たちも美しい刀身から目が離せなかった。見ているだけで思考がぼやけてくる。あの刀を持つ者に従いたい、認められたいという欲求ばかりが湧《わ》いてきた。

側近たちの様子がおかしいことに気付いた王は苦笑を浮かべながら刀を鞘《さや》に納めた。この鞘も超一流の装飾師の手による逸品である。

「待たせてすまない、会議を始めよう」

側近たちは名残惜しそうな顔をしていたが、やがて自らのやるべき事を思い出し戦後処理の報告を始めた。その時、長テーブルの一番端に座っていた男が兵に何事かを囁《ささや》き、兵は早足で退出した。そのやり取りに気付いた者はいたが、何をしていたのかと咎《とが》めたり質問したりはしなかった。ここにいる誰《だれ》もが広大な領地を持つ豪族である。急に報告を受けたり指示をしたりしなければならない時もあるだろう、と。

普段は我の強すぎる側近たちも今日ばかりは王の言葉を素直に聞き、会議は三十分ほどでまとめに入っていた。

突如、会議室の頑丈な扉が乱暴に蹴破《けやぶ》られる。武装した兵が乱入し、一斉にクロスボウを構えた。兵たちの先頭にいる男の姿を見て王は驚愕《きょうがく》し、次に不敵な笑みを浮かべた。

「そうか、お前もこいつが欲しくなったか」

「刀を抜かせるな！」

号令一下、数十本の矢が一斉に放たれた。

……刀が歴史を動かしたか。いや、動いたのは人の心か。

王の身体《からだ》は玉座に縫い止められ、穴の開いたバケツのように血を吹き出す。薄れゆく意識の中で王は刀を作った三職人の名を思い出そうとしていた。恨み言ではなく、礼を言うために。

……そうだ、思い出した。奴《やつ》らの名はルッツ、ゲルハルト、パトリックであったな。

王は微笑《ほほえ》みを浮かべたまま事切れた。その手にはしっかりと刀が握られており、兵が引き剥《は》がすのに苦労して指を切断しなければならないほどであった。

第一章　魂まで斬れそうなほどに

人殺しとは人が犯す罪のなかで最も重い禁忌である。それなのに何故《なぜ》、人殺しの道具でしかない刀がこんなにも美しいのだろうか。

鍛冶屋《かじや》ルッツは研ぎ上げたばかりの刀に見入っていた。水が流れ続けているかのような刃紋と白銀の輝きから視線を外すことが出来なかった。

「美しい……」

月並みな表現だが他に言葉が見付からなかった。芸術品の素晴らしさを口で説明しようというのがそもそも無理な話だ。

己がこれを一から作り上げたということが信じられなかった。まるで鍛冶の神が乗り移っていたのではないかという馬鹿な発想、あるいは妄想すら刀を見ながらでは納得してしまいそうだった。

もうどれだけこうしているだろうか。時間の感覚が無くなり、寝食も忘れて何時間も刀を見つめていた。

「うぉっ！」

ルッツは唐突に叫び出し刀から目を離した。仰《の》け反《ぞ》った勢いで背もたれのない椅子から転げ落ち頭を打つが、それでも刀には傷ひとつ付けなかったのは鍛冶屋の矜持《きょうじ》故であろうか。

……自分は今、何をしようとしていた？

起き上がり、ぼんやりとした頭を振りながら考える。

刀に顔を近づけ過ぎて危うく眼球を斬ってしまうところであった。正気に戻るのがほんの一瞬遅ければ間違いなくそうなっていただろう。

今さらながら恐ろしくなり、荒く息をつきながら刀を適当な布で包《くる》んだ。専用の鞘はまだ作っていない。

「なんか、凄《すご》いことになったな……」

腕を組み、置いた刀を布越しにじっと見ながら考え込んでいた。布を取り去って刀身を見たい衝動が思考を妨げた。

素晴らしい刀が出来上がった。では、これをどうするべきか。それが問題だ。

売る。鍛冶屋として当然の選択肢だが、問題はこれほどの逸品を扱うような大店《おおだな》と付き合いなどないことだ。刀を持って買ってくださいと押し掛けてもいいのだが、まずいことにルッツはいわゆる鍛冶同業者組合《かじギルド》というものに所属していないモグリである。

下手《へた》をすれば通報、投獄、財産没収という流れになるだろう。当然の成り行きとして刀も没収される。むしろ刀欲しさにルッツを捕らえる事くらいは平然とやってのけるはずだ。

献上する。同業者組合というルールを飛び越えて権力者側に接触するという手もある。そのまま貴族お抱えの鍛冶師になれるかもしれない。だがここでも、そんな伝手《つて》が無いことが問題となった。

世間一般の感覚で言えばルッツは城壁外のボロ小屋で武器を作っている不審人物である。罪を犯していないだけの罪人だ。少なくとも為政者からすれば逮捕する理由は十分過ぎるほどにあった。ルッツが納得するとかしないとかは問題ではない。

良いものが出来たから売る、そんな当たり前の事すら出来ない我が身がもどかしく惨めでもあり、大きくため息を吐《つ》いた。

ため息を吐けば幸せが逃げるとよく言われるが、そんなものは最初からない。

己の差料とする。悪くはないがルッツは別に冒険者でも傭兵《ようへい》でもない。出歩く時は盗賊避《よ》けに武器くらいは持ち歩くが国宝級の名刀を差すのは大袈裟《おおげさ》に過ぎる。これが盗賊を呼び寄せる事になってしまっては本末転倒だ。

タンスの奥にしまって今日の事は忘れて生きる。現状それしか方法は無い。だが本当にそれでいいのだろうか。

しまって忘れて何が変わるというのか。会心の一振が出来上がったのは己の技術の集大成であり、人生の転機ではないのだろうか。そこから目を逸《そ》らして何になる。己の人生が惨めであるのは仕方がないにしても、己の腕に嘘《うそ》をつく事だけはしたくなかった。

わからない、どうすればいい。布越しに問いかけるが妖《あや》しいまでに美しい刀は何も答えてはくれなかった。

「ごきげんようルッツくんッ！」

黙考は騒がしい女の声で破られた。

「……入る前にノックくらいしてくれ」

「おっと、自前の槍《やり》磨きでもしていたかね。こいつは失敬！」

この下品な女の名はクラウディア。ルッツの数少ない取引相手である。訳ありの鍛冶屋から安く買い叩《たた》いて売《う》り捌《さば》く奴というのがルッツからの評価であるが、他に頼る者もいないというのも事実であった。

歳《とし》はルッツとほぼ同世代の二十そこそこ。腰まで伸びた髪は艶《つや》があり、太陽の光を編み込んだかのような美しさを放っていた。肌は白く肉づきがよい、唇は薔薇《ばら》のように紅《あか》い、胸ははちきれんばかりに豊かに盛り上がった魅惑的な美女であった。

特筆すべきは尻《しり》である。大きさ、丸み、滑らかさ、全《すべ》てが揃《そろ》った芸術品だとルッツは評価していた。本人の前で言った事はないが。

「まあ小粋なジョークはともかく、鍛冶工房なんてクソやかましい所でボロドアをノックしたって聞こえるわけがないだろう？」

クラウディアはまったく悪びれる様子もなく、ルッツは説得を早々に諦めた。

「注文の品なら出来ているぞ」

ルッツは部屋の片隅を指差し、クラウディアは木箱に手を入れて中身を取り出した。木箱の中には藁《わら》が詰められており、一箱につき五本の斧《おの》が入っていた。そんな箱が四つ、計二十本だ。

クラウディアは斧を一本取り出し、軽く振ってみた。握りも重量バランスも悪くない。粗悪品ともなるとバランスの悪さからすっぽ抜けたり、柄《つか》に巻いた革がバラバラにほどけてしまったりするものだ。クラウディアは満足げに頷《うなず》いてみせた。

「いいじゃないか、実に素晴らしい。木こりの皆さんも喜んでくれるだろうね。それじゃあ馬車への積み込みを手伝ってくれたまえ」

「いい加減、下働きか何かを雇えよ」

「ひとりで鍛冶をやっている君に言えた義理かね」

仕方がない、とルッツはちらりと刀に目をやってから腰を上げた。クラウディアはその動きを見逃さず、視線を追うと棒状のものに布がかけられているのを見つけた。

「ふぅン……。ルッツくん、それは新作かい？」

「売り物じゃないぞ」

「売り物かどうかというのはね、商人と鍛冶屋が交渉して初めて決まるものさ」

止める間もなくクラウディアは薄汚れた布を取り、茎《なかご》という研ぎを入れていない持ち手部分を掴《つか》んでじっと刀身を見つめた。

直接刀身に触るのは湿気、油分、指紋などが付くのでよろしいことではない。刀身を摘《つ》まむようなルール違反をしていれば背中を蹴飛ばして追い出すつもりであったが、もうこうなっては見せてしまう他はないだろう。誰かの感想が欲しいという気持ちもあった。

クラウディアは刀を見たまま動かない。まるで蝋人形《ろうにんぎょう》のように感情が抜け落ち、視線も刀身へと固定されていた。やはり自分だけではなかったとルッツは納得した。この刀には恐ろしいほどに人を魅了する力がある。

クラウディアの瞳《ひとみ》に妖しく危険な光が宿る。徐々に、引き寄せられるように顔と刀身が近づいていく。

「はい、そこまで」

「ぐうえッ」

ルッツは背後からクラウディアの襟首を引っ張った。少々首が絞まったものの正気に戻ったようだ。クラウディアは振り向いて恨みのこもった視線を向けてきた。

「何をするんだ、危ないじゃないか」

「二枚舌が必要だったというのなら恨んでくれて構わんが」

「んん？」

クラウディアは舌をしまい忘れた猫のような顔をしていた。

「……私は何をしようとしていた？　ここ数分の記憶が無いのだがねえ」

「刃《は》を舐《な》めようとしていたんだよ」

「なんてこった……」

刀身を置いて布をかけるが、クラウディアはまだ名残惜しそうにちらちらと見ていた。おかしなことをしているという自覚はある。

「ルッツくん。これ、魅了《チャーム》の魔法でもかかっているのかい？」

「俺に魔法は使えない。付呪術師《ふじゅじゅつし》に頼む金もない」

「なるほど、そりゃあそうだ」

「納得されても困るんだよなあ……」

「ふふん、貧乏人同士はお互いの懐具合がなんとなくわかるものさ」

得意げに言うクラウディアにルッツは反論出来ず、そうかもしれないと納得するしかなかった。

ふたりは布で覆われた刀を挟んで話を続けた。

「ついでに君の悩みも当ててやろう。どこに売ればいいのかわからない、そうだろう？」

「大正解だクソッタレめ。クラウディアはどうだ、どこか売るアテとか無いのか」

「捨て値で捌くならともかく、好事家のお貴族サマとかに知り合いはいないねえ」

「そうだよなあ。ちなみに、貴族の知り合いがいたとしていくらで売れると思う？」

「ふぅン……」

クラウディアは顎《あご》を撫《な》でながら考え込んだ。真剣な商売人の顔である。商人と鍛冶屋、まったくジャンルは違うがプロとしての顔をしている者の邪魔をしてはいけないだろうと、ルッツは口を挟まず黙っていた。

ついでに言えば彼女の真剣に悩む横顔は美しく、しばし眺めていたい気分でもあった。

「……金貨五十枚。相手が筋金入りの武器マニアだったら交渉次第で百枚いけるかもね」

「凄《すさ》まじいな。刀ひとつで家が建つ」

「とは言え、売る手段が無いのだからどうしようもないねえ。空きっ腹を抱えて金貨百枚を眺める気分はどうだい？」

「……この話はもう止《よ》そう。泣きそうだ」

「売り捌く方法についてはこちらでも考えておこう。美味《おい》しい儲《もう》け話は是非とも一枚噛《か》ませて欲しいものだねえ」

「とりあえず目の前の堅実な商売から片付けよう」

クラウディアは肩をすくめてみせてから木箱を持って馬車へと向かった。

揺れる大きな尻を眺めながらルッツも木箱を運び出す。

斧の代金を受け取り、馬車が去るのを見届けてからルッツは自分が徹夜明けであることに気が付いた。

一気に襲ってきた疲労と眠気に抗《あらが》いながら刀をタンスにしまい、硬いベッドに倒れ込んで泥のように眠った。

それから一週間が経《た》ち、二週間が過ぎた。普段ならばクラウディアから新たに注文が入るものだが、何故か彼女は一向に姿を現さなかった。

ルッツはあの刀の事が気になって、ただぼんやりと日々過ごしていた。刀としての体裁を整えるために鞘《さや》、鍔《つば》、柄なども作ってみたが彼には芸術的センスというものが欠落しており、刀身の美しさに対して安っぽい玩具《おもちゃ》のようなものしか出来なかった。それがますますルッツの創作意欲を削《そ》いでいった。

鍛冶場にいても鬱屈《うっくつ》した思いを持て余すだけで特にやることもないので、昼間から酒場に行くしかなかった。

城塞《じょうさい》都市の外にある酒場は壊れてもすぐに建て直せるような安っぽい作りであった。下手をすれば台風が来ただけで建物が潰《つぶ》れてしまいそうだ。

ルッツが店に入ると、顔見知りの店主がニヤニヤと笑って言った。

「よう大将。商売繁盛で何よりだ」

「相変わらずジョークのセンスが皆無だな。取引先から注文が入らないから安酒かっくらうしかやる事が無いんだよ」

「何だ、知らなかったのか」

店主が少し呆《あき》れたように言った。

「んん？」

「クラウディアの奴《やつ》なら逮捕されたぞ」

「んんん⁉」

店主の語る衝撃的な話に、ルッツはまだ一滴も飲んでいないのにひどく酔っ払ったかのような気分であった。

「どういうことなんだ、詳しく説明してくれ」

ルッツは身を乗り出して聞くが、店主は首を捻《ひね》るばかりで答えない。この態度は知らないとか、わからないという訳ではなさそうだ。

ルッツは顔を歪《ゆが》めながら財布から銅貨五枚を取り出してテーブルに叩きつけ、店主は笑いながら銅貨をポケットへ無造作に突っ込んだ。情報がタダではないという事はわかるが、焦っているときにやられて楽しい態度ではない。これでまだ足りないなどと言われればぶん殴ってやるつもりであったが、幸いにして店主は節度を弁《わきま》えた男のようであった。

「話は少し遠回りになるが聞いてくれ。まず、騎士団が街道の賊退治に出動したのは知っているか？」

「なんだって？　あいつら、賄賂《わいろ》をせびる以外の仕事が出来たのか」

「驚く所そこかよ。まあ今回の討伐だって別に世界平和の為《ため》とかじゃない、自分らの利益の為だ」

そうだろうな、とルッツは頷いて先を促した。

商人が襲われ、賊が財産をある程度集めたところで騎士団が出動しそれらを全て回収する。

この時、奪われた荷を被害者に返却などはしない。どの物資が誰《だれ》の物か正確にはわからないし、返された者と返されなかった者の間に不公平が生じる。ならばそれらを騎士団の運営費に充てて治安維持に貢献させた方が結果的に皆の為になるだろう、というのが彼らの掲げる建前であった。

無論、誰も信じていない。騎士団のメンバー本人たちでさえ。

そもそも騎士団が仕事をしていないので明るいうちから街道に賊が出るのだが、その辺は完全にスルーである。ついでに言えば奴らは弱い賊しか狙《ねら》わない。

「奴らは賊のことを勝手に貯《た》まる貯金箱か何かと考えているふしがあるからなあ」

と、店主は染々《しみじみ》と語った。

「それがクラウディアの逮捕とどう関係するんだ。賊に襲われたとか戦闘に巻き込まれたとかならわかるが」

「騎士団が賊をごうも……、いや、尋問だ。尋問した結果、賊に資金援助とか物資の横流しをしていた商人が多数いたということで一斉検挙されたってわけだ」

「あいつが賊を支援？　何と言うかいまいち、はいそうですかと頷けない話だな」

「そうだな、おかしな事だらけだ。あるいは騎士団に道理を説く方が間違っているのかね。ただ商人がとっ捕まって保釈金を払わなけりゃ出られないという事だけが事実だ」

金の話が出て来てルッツの不快感が一気に膨らんだ。騎士団は金が欲しいから商人に難癖をつけた、そうとしか考えられない。

「保釈金が払えなければどうなるんだ？」

貧乏人同士の懐具合はなんとなくわかる、というクラウディアの言葉が思い起こされた。彼女はルッツよりは金持ちだろうが、こうした時にまとまった額が出せるとも思えなかった。

「さあね、娼館《しょうかん》で見かけたら買ってやれば？」

ジョークと呼ぶにはあまりにも悪趣味な店主の物言いであった。以前ならルッツも一緒になってゲラゲラと笑っていたかもしれないが、今はとてもそんな気にはなれなかった。

黙って立ち上がり背を向けるルッツ。

「おい、一杯くらい飲んでいけよ！」

店主が声をかけるが、ルッツは振り返ることなく店を出て行った。


翌日、ルッツは城塞都市の門をくぐった。出来る限り見栄えのする格好をしてきたつもりだったが門番に呼び止められ、小銭を握らせねばならなかった。

同業者組合に所属していないので鍛冶屋《かじや》ですと名乗るわけにもいかず、門番からすればルッツは住所不定無職の薄汚い男に過ぎない。止められるのも当然と言えば当然であった。

綺麗《きれい》な街並みだ。ちょっと見上げれば領主の屋敷である小城も見える。活気に溢《あふ》れ誰もが目的を持って歩いている。

ここに、自分の居場所は無い。

独りで感じる孤独よりも喧騒《けんそう》の中で感じる孤独の方がずっと辛《つら》い。ルッツの気分は際限なく沈んでいった。

汚物処理の為に放し飼いにされた豚が我が物顔で進み、人々はそれを避けて歩く。

豚でさえこの街で仕事があり、居場所がある。

そこまで考えてからルッツは自分の思考がおかしな方へ向かっていることを自覚した。さすがに豚に嫉妬《しっと》するのは人としてどうなのだろうかと。

考え事をしながら歩いているうちに騎士団の詰め所へとたどり着いた。二階建ての詰め所は全体的に色が暗く薄汚れており、厩舎《きゅうしゃ》に目をやると馬が繋《つな》がれているがどれも毛並みが悪く、あまり手入れはされていないようだ。

騎士と言っても様々である。美しいプレートアーマーに身を包み貴人を守り戦場を駆ける者から、それこそ身分が保証されているだけの野盗まで。ここにいるのは言うまでもなく後者である。

中へ入ると早速ガラの悪い男が近づいて来た。

「なんだてめぇは。物乞《ものご》いならよそに行きな」

男の後ろから湧《わ》き起こる笑い声。あからさまに他人を見下した、聞いていて気分が悪くなるような笑い方だ。彼らの品性には最初から何も期待していなかったので、ルッツはさっさと話を進めることにした。

「クラウディアという女が捕まっているだろう。保釈金を払いに来た」

対応した男は一瞬、何の事だかわからないといった顔をしたがすぐに思い出したようだ。

「うん？　ああ、あの商人か。誰も引き取りに来ないんであと何日かすれば奴隷《どれい》落ちする所だったんだがな」

男は下卑た笑みを浮かべた。罪人であることが確定すれば後は何をしようがお構い無しということか。

逆に考えれば今はクラウディアの身は無事なのだと安堵《あんど》した。

半グレ集団に近いとはいえ彼らも一応は法の範囲で動いている。言いがかりに近い理由で商人を捕まえた上に集団暴行とまではしなかったようだ。さすがにそこまでやれば商工会からの反発も強くなるだろうし、面倒事を嫌う上層部から咎《とが》められもするだろう。

「保釈金は金貨二十枚だ。兄ちゃん払えんのかい」

男はルッツの全身を舐め回すように眺めた。どこをどう見ても金に縁の無さそうな奴だ。

「そんな金は無い」

「じゃあ帰りな。あのお姉ちゃんは俺らが面倒見てやるからよ」

男は面倒くさそうに手を振った。帰れ、という意味だろうがルッツは無視して無言で腰から刀を鞘ごと引き抜き、白刃を抜き払った。

男たちは目を見開き一斉に立ち上がった。

「いや、待て待て。詰め所荒らしに来た訳じゃない。クラウディアを解放してくれるならばこいつをくれてやろうという話をしに来たんだ」

「……そいつが金貨二十枚の価値があるって、どう証明するんだよ」

「ぱっと見でわかるだろう。貧乏貴族の次男三男が腰にぶら下げているなまくらの方が立派だと思うのであれば、俺から言うことは何もないが」

ルッツの物言いに腹を立てはしたが、誰もが美しい刀身から目を離せなかった。一生に一度は、他の何を犠牲にしてでもあんな刀を差して歩きたい。無頼どもにそう思わせるだけの魅力があった。

「……いいだろう、そいつを寄越《よこ》しな」

応対した男が代表して言うが、ルッツは静かに首を横に振った。

「クラウディアの解放が先だ。彼女と一緒に詰め所を出た時に渡してやる」

「てめえ、自分の立場がわかっているのか？　取引に応じるも応じないも俺たち次第だ。何だった

らこの場で囲んでぶち殺してやってもいいんだぜ」

「貴様こそいいのか。この機会を逃せば名刀を手にする機会は一生無いぞ。実力行使も辞さないと言ったようだが……」

酷薄な笑みを浮かべて切っ先を男に向けた。

自分はどうしてこんなにも落ち着き、堂々としていられるのか。それはこの刀を握っているからだろう。刀の妖《あや》しい魅力に呑《の》まれつつある。ルッツは頭の片隅、冷静な部分で恐怖を覚えてもいた。

「こんな刀を持っている奴が、ただの一般人だとでも思っているのか」

「うっ……」

訳のわからぬ迫力に圧《お》され、男は自信をなくして腰が引けていた。

ルッツは冷笑を浮かべ、刀を手元で一回転させてから鞘へと納めた。妖しくも緊張した空気が、すっと薄くなるのをルッツ自身を含め誰もが感じていた。

「さあ案内してくれ」

「チッ、付いてこい……」

男はわざとらしく大きな舌打ちをしてみせた。その程度の抵抗しか出来ることはなかった。


湿った、薄暗い地下室。カビとホコリの臭いが充満する石造りの牢獄《ろうごく》。

近付く複数の足音にクラウディアはびくりと肩を震わせた。これから自分は何をされるのか。処刑か、それとも……。

怯《おび》えた瞳《ひとみ》で見上げると、そこには松明《たいまつ》を持つ騎士と見慣れた男の顔があった。

「ルッツ……」

全《すべ》てを理解した。自分が助かったのだという事と、その為に彼が何を差し出したのかという事を。

金貨百枚相当の刀、それは貧乏鍛冶屋が今の生活から抜け出すには十分な金額であった。あるいは貴族に献上してお抱えの鍛冶屋になる道もあっただろう。

……彼は私の為に未来を捨てたのだ。

心の底から安堵していた。そして、安堵した顔を彼に見せることがとんでもなく無礼な行いのような気がして顔を伏せた。

「出ろ、釈放だ」

騎士が鍵《かぎ》を回し、錆《さび》の浮いた鉄格子がギギイと不快な音を立てて開かれた。

「行こう」

ルッツが差し出す手を恐る恐る取ると、ぐいと力強く引っ張られて立たされた。勢い余ってルッツの身にもたれかかるが、鍛冶仕事で鍛えられた身体《からだ》は女が寄りかかったくらいではびくともしない力強さがあった。

クラウディアは精神的にも肉体的にも疲労しており、真《ま》っ直《す》ぐ歩くことすら困難であった。見かねたルッツが肩を貸し、慎重に階段を上がった。

騎士たちの殺気だった視線を潜《くぐ》り抜け、太陽の光を浴びるとクラウディアはようやく助かったのだという実感が湧いてきた。この場で倒れてしまいたかったが、ルッツにがっちりと掴《つか》まれてそうもいかなかった。

「おい、約束だ。剣を寄越せ！」

先ほど鍵を開けた騎士が怒鳴るように言った。どこか正気が薄れているような、危険な雰囲気を纏《まと》っていた。これ以上引き延ばせば本当に刃傷《にんじょう》沙汰《ざた》に発展するかもしれない。

「これは剣じゃない、刀って言うんだ。覚えておけ」

ルッツは妖刀を詰め所の中へ放り投げた。騎士たちがあわててキャッチする。よほど慌てていたのか、テーブルを巻き込んでドカンと倒れる音が聞こえた。

そんな騒ぎに目もくれず、ルッツたちは詰め所を後にした。


日の傾きかけた街道をルッツとクラウディアはゆっくりと歩いていた。店じまいや夕食の準備をする人々が行き交う中で、ふたりだけがどこか場違いに見えた。

「ルッツくんは何故《なぜ》、私を助けたんだい？」

ずっと無言であったクラウディアが絞り出すような声で聞いた。

「知人友人が困っているから助けようというのはわかる。実に美しい話だ。しかしだね、物事には限度というものがあるだろう。金貨百枚に相当する剣をぽんと投げ捨てるほどの価値が私にあるか、そうしなければいけないような関係だったかねえ」

「剣ではない。刀だ」

「今、拘《こだわ》らなければならないところかいそれは……」

クラウディアは面倒臭い奴だという感想が表情に出ていて隠そうともしなかった。

「無論、助けてもらった事には感謝しているよ。ただやはり納得というのかね、わからないままでいると、もやもやするんだ」

「理由か、俺にもわからん」

「おいおい、私は真面目《まじめ》に聞いているんだよ」

ルッツは少し困ったような顔で頭を掻《か》いた。ふざけているわけではなく、どうやら本当に説明する為《ため》の言葉が見つからないようだ。

「知人が困っているから助けよう、と考えたのは事実だ。金貨百枚と言うが売るための伝手《つて》がないので持っていても仕方がないとも思った。クラウディアがいないと仕事に支障が出るし、騎士団の横暴なやり方も気に食わなかった。つまり、だ……」

無意識に左腰に手をやるが、そこにはもう何もない。我ながら未練がましいことだと、ルッツは自嘲《じちょう》しながら続けた。

「理由はいくらでもあるが、どれも決定的ではない。そういうのがいくつも集まったから行動に出たみたいな感じなのかな」

「そんなものかね」

「人間、誰《だれ》もが確固たる信念に基づいて動いているわけじゃない」

「そうかそうか、ふぅん。君はそういう男なんだな。君の行動原理を一言でまとめることも出来るが聞きたいかね？」

「是非とも」

「ルッツくんは私のことが好きなのさ」

「……いや待て、なんだって？」

呆《あき》れ驚き、振り向いたその顔をクラウディアが両手でしっかりと掴んだ。妖艶《ようえん》な笑みを浮かべた女。見知った女の、知らない顔がそこにあった。

ぐいと引き寄せられて顔が近付き、唇が触れ合う。五秒、六秒と経《た》って糸を引きながら離れた。

そこに捕食者の姿は無く、恥じらう少女のような表情を浮かべるクラウディアがいた。

「借りは必ず返すよ。これはまあ、手付けのようなものと思ってくれたまえ」

わからない。クラウディアという女の事がわからない。

自分が何故、この女を助け出す気になったのかもよくわからなくなってきた。ただ、間違ってはいなかったのだと思う。

「お、おう……」

ルッツは間の抜けた返事しか出来なかった。

それからまたふたりは歩き出す。無言でいるのも居心地《いごこち》が悪く、ふと思い出した疑問を口にした。

「商人たちが捕まったのは野盗に支援していたからだと聞いたが、実際のところどうなんだ?」

「おいおいルッツくん、まさか君はそんな寝言を信じたわけではあるまいね」

「いや、どこをどう考えても辻褄《つじつま》が合わん。だから不思議でな」

「ご理解いただけているようで何よりだ。もしも信じていたら私は君を殴って、その場で泣き出さねばならないところだったよ」

そう言ってクラウディアは大きくため息を吐《つ》いた。疲れている。そしてそれは少し休めば治るようなものではない。

「この世で最も窃盗や強盗といった行為を憎んでいるのは商人だよ」

「ほう」

「君に納めてもらった斧《おの》を例にすると、斧を一本盗まれたとしたらその金額を補填《ほてん》するのに斧を十本は売らなきゃならない」

「そんなにか」

「単価の低い商品なら売らなきゃならない数はさらに増えるだろうねえ。商売で儲《もう》けを出すというのはそれくらい大変なことなんだ」

　クラウディアの端整な顔が憎しみで歪《ゆが》んだ。

「それを盗賊どもは力ずくで奪い、金に代えて酒と女と博打《ばくち》で好き勝手に溶かしてしまうんだぞ、ふざけやがって。出来ることなら私がこの手で殺してやりたかったさ」

　声を荒らげ天を見上げ、何の答えも得られぬことを知ると、クラウディアは肩を落として歩き出した。

「……情けない話だがね、これほど憎んでいる相手に私たちは金を渡していた。通行料としてだ。積み荷と命を奪われるよりはマシだからね」

「通行料だけで奴《やっ》らは納得するのか？」

「毎度毎度、商人を皆殺しにしていたら誰もその道を通らなくなるからねえ。そうなって困るのは奴らの方さ。安定した収入が得られるのは奴らもありがたいらしい」

「盗賊が安定収入を求めるのか。滑稽《こっけい》だな」

「全くだ、それなら真面目に働けって話だよ。勤勉な盗賊とか趣味の悪い冗談だね」

　ふたりは顔を見合わせて笑った。乾いた笑いであり腹の底からの笑い方ではないが、それでも少しは元気が出てきたようで安心した。

「安全保障の為に通行料を払っているのを、騎士団の連中は盗賊への支援と拡大解釈したわけだよ。身代金欲しさにねえ」

「それでは商人たちから反発が出るだろう？」

「お貴族様と繋《つな》がっているような豪商大商には手出しをしていないさ。狙《ねら》われたのは騒いだところで何の影響も無い小さな店や行商人だけ。騒いでくれれば治安を乱したとしてまた捕まるだけだよ。連中にとっては二度美味《おい》しいというわけさ」

クラウディアは静かに首を横に振った。

「この世が正義や善意で成り立っているわけではないことくらい理解しているが、我が身の惨めさに泣きたくなる日もあるさ……」

ルッツは何も言えなかった。世の理不尽、それに対する無力感はルッツも常々感じていたことだ。いや、この世に生きる者の大半が抱えている感情ではないかとも思っていた。

「助けてもらった私が言うのも何だが、あのけ……、もとい刀を手放したのは悪いことばかりでもないんじゃないか」

「……どういうことだ？」

「君の作品が世に放たれたということさ。あの馬鹿どもが妖しいほどに美しい刀を手に入れて、見せびらかさない訳がないだろう」

「まあ、そうだろうな」

「それで上官の耳に入り、寄越せと言われる。まっとうな手段で手に入れたのではないから拒否権は無いねえ。そしてさらに上へと献上される。ここの領主、伯爵サマとかかね。さらにさらに上へと送られ国王陛下に贈られるかもしれない」

「なんとも夢のある話だな。俺の手元には無いけど」

「そう悲観したものではないよ。献上、献上、プレゼント。その過程で必ず話題になるはずだ。この刀を作ったのは誰かってね。それが名工ルッツが世に名乗り出る時だということだねえ」

「ふぅむ……」

なんとも壮大で夢のある話である。ルッツは己が天下一の刀匠であるなどと自惚《うぬぼ》れているわけではないが、同時にあの刀ならばあるいは、と期待する気持ちもあった。

未来は明るいと思いたいのだが、何故だか心に纏わり付くような不安がある。それが何かはよくわからない。

……何か、大事なことを、忘れているような。

「あああああああッ！」

突如叫び出すルッツ。目を丸くするクラウディア。

「どうしたいきなり⁉」

「銘を入れていない！」

刀匠は刀の出来に満足した時、茎《なかご》と呼ばれる持ち手部分に己の名、刀の名、場合によっては製造年月などを刻むのだが、今回はそうした作業をすっかり忘れていた。

あの妖刀は作者不明、無銘の刀である。

「それは、うん、困ったね……」

クラウディアも慰めの言葉が出て来なかった。これでは作者として名乗り出ることが難しくなってしまう。

　私が作りましたと勝手に名乗る者も出て来るだろう。同じ物を作れと言われても、製作中に神が降りて来た、作り方は覚えていないなどと言えば一応の言い訳にはなってしまう。芸術にライブ感は付き物であり、作者といえど同じ物は二度と作れないというのもよくある話だ。

　拍子抜けである。栄光の扉に手を掛けたら鍵がかかっていたようなものだ。

「まあ、いいか……」

　クラウディアは無事だった。自分の生活も変わらない。それはそれで結構な事だ。

　ルッツは変化に対して臆病《おくびょう》であることを自覚しつつ、安心もしていた。貴族社会の悪辣《あくらつ》さを覗《のぞ》き込んだばかりだ、あの世界でやっていける自信はあまりない。

　嘘《うそ》つきが馬鹿を騙《だま》して社会が回るなら、後は勝手にやってくれと投げやりな気分にもなっていた。

「……あれ、クラウディアの家は向こうじゃなかったか？」

　色々な事があった。考え事をしながら歩いていたから道を間違えたのかと思ったがクラウディアは平然と答えた。

「私の家などもう無いよ。家も家具も、馬車も馬も全て差し押さえられてしまったのさ。もっとも家は借家だったがね」

「それは、大変だな……」

「そういう訳で、しばらく君の家に泊めてくれたまえ」

　言い忘れていただけで当たり前の事だ、そんな風にあっさり言われてしまった。

「待て待て、さすがに俺もそこまでは出来んぞ。何と言うか、困る」

父が亡くなってからはずっとひとり暮らしだったのだ。そこに魅惑的な女性が入って来るとなると紳士でいられる自信はなかった。地下牢《ちかろう》で感じた身体《からだ》の柔らかさと温かさ、先程押し当てられた唇の感触などが脳内に蘇《よみがえ》り、ルッツはさらに慌て出した。

「ふぅん、つまり君は私に野宿しろと言うのだね。城壁の中と言えど悪い奴はいっぱいいる。美女の全裸の絞殺死体が朝日に照らされるところが見たいとでも？」

「わかった、わかったよ。悪趣味な言い方をするんじゃない」

「ふふん、良いね。素直というのは美徳だよルッツくん」

クラウディアは楽しげにニヤニヤと笑っている。どういうつもりでそんなことを言っているのかと疑問が晴れぬルッツであった。

こうしてふたりは真逆の表情を浮かべ、同じ方向へと歩き出した。


「ただいま……」

「はっはっは！　私もただいま、と言うべきなのかなこれからは！」

ルッツは自宅に帰って来た。余計なおまけ付きで。

色々な事がありすぎて疲れている。もう日も暮れている。適当に晩飯を食って寝てしまいたかったが、そうもいくまい。

「付いて来い。君の部屋に案内する」

「おや、余った部屋があるのかい？」

クラウディアは意外そうに言った。部屋がひとつしかなければこの女はどうするつもりだったのか。本当に考え無しに行動していたようだ。

もっとも彼女に選択の余地があったわけでもない。野宿をして暴漢に襲われるよりも、顔見知りの男の部屋に転がり込んだ方がよほどマシだろう。

ルッツは少々振り回されたとしても相手の気持ちを慮《おもんぱか》り、納得出来れば文句を言わずに済ませてしまうのは己の長所か短所かどちらであろうかと考える。多分、両方だ。

少なくとも、クラウディアの大きな尻《しり》を蹴飛《けと》ばして出ていけなどと言うつもりが無いことだけは事実である。

鍛冶場《かじば》を通り、居間兼台所に入る。奥に二つのドアがあった。左の扉を開けるとそこはベッドとタンスがあるだけの埃《ほこり》臭い部屋であった。

「好きに使ってくれ」

「ここは何の部屋なんだい？」

「父が使っていた。もう三年も前に亡くなったがね」

「ふぅん。パパルッツと言うと、確か君のお師匠さんでもあったんだっけ」

「ああ。刀鍛冶の技術は父が放浪修行中に学んだそうだ。この国の剣とはかなり作り方が違う」

なるほど、と頷《うなず》きながらクラウディアは掛け布団も枕も無い、木組みだけのベッドに近付き軽く叩《たた》いた。もわっ、と埃が舞い上がりクラウディアは眉間《みけん》に皺《しわ》を寄せた。ルッツはばつが悪そうに顔を逸《そ》らした。

「一応、定期的に掃除くらいはしているのだが……」

「ズボラな男の言う掃除した、という台詞《せりふ》ほど信用ならないものは無いねえ。本人はやったつもりだから余計に始末が悪い。どうせ気が向いた時にだけ埃を払ったり空気を入れ換えたりするだけだろう？」

「いいんだよそれで。鍛冶場に道具を放置などしたらこっぴどく叱《しか》られたものだが、部屋が散らかっていても何も言われなかった。むしろ父の部屋の方が酷《ひど》かった。遺品の整理に一ヶ月もかかったくらいだ」

「まったく、男所帯って奴は……」

ぼやきながらクラウディアは埃を払い、ベッドに倒れ込んだ。不満はいくらでも出てくるが、今は全《すべ》て眠気に押し流された。

「私は寝る。積もる話は明日にしてくれ」

「ああ、おやすみ」

「それと……」

「何だ？」

「ありがとう」

「おう」

ルッツの返事を聞いてすぐにクラウディアは寝息を立て始めた。ルッツは静かに扉を閉じて、その場を後にした。聞きたい事も言いたい事もやりたい事も色々あったが、今はただ彼女をゆっくり休ませてやりたかった。

居間に戻ったルッツは鍋《なべ》に残っていたスープに火をかけて遅い食事を始めた。色々ありすぎて気が昂《たかぶ》って眠れないと思っていたのだが、睡魔に襲われ食器を持ったまま何度も頭がガクリと下がった。結局、自分の部屋に戻らぬまま机に突っ伏して寝てしまった。

ルッツは窓の隙間《すきま》から射《さ》し込む朝日に顔を照らされ日を覚ました。クラウディアはまだ起きていないようだ。

貧乏暇なしという言葉がある。あるいは暇だからこそ貧乏なのか。今現在のルッツは後者であった。鎌でも鍬《くわ》でも包丁でも、何でも作れる自信はあるが仕事がない。

ある程度作りだめをしておけば注文にすぐ対応出来るのではないかと考えたこともあったが、保管するには相応のスペースが必要である。また、刃物は保管の仕方が悪ければ錆《さ》びてしまうので気を使う必要がある。ついでに盗難などの心配もしなければならなかった。

客が細かい注文を付けたので在庫がそれに合わなかったという事もあった。

結局、割に合わないので受注生産のみでやっていくことにした。もっと大きな鍛冶同業者組合であれば商品を並べて置くのもいいだろうが、個人でやっている鍛冶屋が在庫を抱えるのは難しい。

これからの商売についてクラウディアと話したかったのだが、彼女は惰眠継続中である。

焦っていた、苛立《いらだ》ってもいた。しかしそれはあくまで自分の都合でしかないのでクラウディアに八つ当たりをするのはお門違いだ。

時間が空いた時にこそ手放した妖刀の代わりとなる刀を打つべきなのかもしれないが、先の生活に不安を抱えている状態で集中出来る自信は無い。ついでに、どんな名刀が出来上がったとしても売る手段が無いことを思い知らされたばかりである。

「んもぉぉぉ！　俺にどうしろって言うんだよお！」

頭を抱えて転げ回る二十二歳児。ふと見るとそこに女の足があった、綺麗《きれい》な生足である。見上げればそこに女の呆《あき》れ顔《がお》があった。

「ルッツくん、何をしているのだね……？」

「人生のどこかで落としてしまった、大切な何かを探しているんだ」

「……見つかったかい？」

「何を落としたのかすら覚えていない」

クラウディアが無言で椅子に座るのを見て、ルッツも立ち上がり向かい側に着席した。

「しばらくはルッツくんの専属でやっていこうと思うんだ。私が注文を取ってくる、ルッツくんが作る、私が納品する。その繰り返しだ」

「結構なことだが、そんなに需要あるか？」

「ふふふん、私に任せておきたまえよ。それはそれとして先立つものが必要でねえ。斧《おの》の代金、まだ残っているだろう？」

「金のかかる女だ……」

「いい女とはそういうものさ」

財布代わりの革袋から銀貨を何枚か摘《つ》まみ出そうとすると、革袋の方をひったくられてしまった。

「あ、ちょ、待った……」

「朗報を待ちたまえ。ではッ！」

と、クラウディアは元気よく飛び出して行った。

騎士団に言いがかりのような形で捕らえられていたのは昨日《きのう》の話である。無論、捕まったのはそれよりも前だから拘束期間は一日や二日ではないだろう。

「まあ、元気が出たならなによりだ」

頭を掻《か》きながらルッツは微笑《ほほえ》みを浮かべ、炭や鉄を揃《そろ》えておくことにした。やる気を出したクラウディアが手ぶらで帰ってくるということは恐らくないだろう。


「はっはっは、ただいまルッツくん！」

夕暮れ時になってクラウディアは戻ってきた。出て行った時よりさらに元気が良く、うるさい。

「お疲れ。で、包丁砥《と》ぎの注文でも入ったか？」

「聞いて驚きたまえ。短剣五本の契約を取ってきたよ。一本につき銀貨八十枚だ」

ぽかんと口を開けて固まるルッツ。その様子を見てクラウディアは満足げに笑った。

「それそれ、その反応が見たかった」

「どうやってそんな注文を取れたんだ？」

「騎士団の詰め所に行ったのさ」

「昨日の今日で気まずくないのか……」

「商機があるならば気まずいのなんのと言っている場合ではないよ」

商人は精神的にもタフでなければならない。急に目の前に居る女が偉大な人物のように思えてきた。多分、気のせいだろうが。少なくとも自分には無いものを持っていることだけは確かだ。

「あの妖刀を打った作者の武器ならば欲しがるのではないかと思ってね、ドンピシャリって訳さ。無論、あれだけの作品はそうそう出来るものではないと念押しはした。それと初めての取引でいきなり高価な長剣というわけにもいかず、まずは短剣を持って来てもらおうということで話がまとまったんだねえ」

あの妖刀、という言葉に胸がチクリと痛んだ。ひょっとしたらあれが生涯最高傑作になるかもしれない。手放したことは仕方がないにしても、やはり名前くらいは付けてやりたかった。

まるで我が子を棄《す》てたような罪悪感がそこにあった。

「あの刀はどうなった？」

「それがねえ、笑える話なのだが上官に持っていかれてしまったそうだよ」

「笑う要素あるか？」

「刀を手にした騎士の一人が、頬擦りして大怪我《けが》をしたそうだよ」

「……わざわざ刃《やいば》を立ててか」

「正気ではなかったのだろうね。もうね、血がブシューッと出て頬骨までザックリ斬れたそうだよ。実際、詰め所内に隠しきれない血の痕があったからね」

他人の痛そうな話を聞くと胃のあたりがキュッと縮む。ルッツもクラウディアも、浮かべる表情は笑いというより苦笑であった。

「で、騒ぎを聞き付けた上官に怒られて、刀も没収という訳さ。お客様にこう言っては何だが、少しは溜飲《りゅういん》が下がったよ。実に、実に清々《すがすが》しい気分だ」

「そんな目に遭ってまだ、奴《やつ》らは短剣が欲しいと言うのか……」

「人は真なる美しさに抗《あらが》えぬものだよ。あの刀を所持することはまず無い、ならば同じ作者の短剣くらいは持ちたいと考えたのだろうねえ」

ひとりで納得したように頷くクラウディアであった。

「さて、私は約束を果たしたぞ。後はルッツくんのお仕事だ」

ルッツは力強く頷いた。

クラウディアが敵地と言えるような場所へ乗り込んで取ってきた注文だ。ここで下手《へた》なものを作れば彼女の顔に泥を塗ることになり、努力を否定することになる。不良騎士どもは気に入らないが、クラウディアの為《ため》とあらば全力を尽くすこともやぶさかではない。

「短剣を気に入ってもらえればさらに大きな仕事に繋《つな》がるかもしれない。頑張ってくれたまえ」

「任せろ。ああ、それと……」

ルッツはひどく言いづらそうに周囲を見渡し、やがて意を決したように口を開いた。

「もう一度、キスしてもいいか」

クラウディアは一瞬だけ驚いた顔をして、すぐに妖《あや》しくも優しげな笑みを浮かべた。

「ふふん、やっぱりルッツくんは私の事が好きなんだねえ」

「クラウディアはどうなんだ」

「さぁて、どうかな……？」

クラウディアの腕がルッツの首に絡んだ。この細く小さな身体で凶悪な連中と交渉してきたのだと思えば愛《いと》しさが込み上げてくる。

女は刀によく似ている。妖しいまでに美しく、危険である。そうと知りつつ離れられない。

最高傑作を手放して、代わりに手にしたものは何だったのか。そこに未練はあっても後悔は無い。

揺れる蝋燭《ろうそく》に照らされたふたつの影が、ゆっくりとひとつに重なった。

第二章　魔剣覚醒《かくせい》

城塞《じょうさい》都市の中心部。城内の工房にて白髪《しらが》の老人が苦悩し顔を歪《ゆが》めていた。

鋭い視線の先にあるものは青白く発光する長剣。禍々《まがまが》しい儀式台と、砕け散った宝石類。その男、ゲルハルトは伯爵家お抱えの高名な付呪術師《ふじゅじゅつし》であり、長剣には魔法の力が込められていた。

気に入らなかった。ただ出来の良い剣に重量軽減の付呪を施しただけの、ごく普通の名剣だ。そこに驚きもなければ、自分の作品だと胸を張って言えるような要素も無い。

「駄目だ、こんな物では駄目だ……ッ！」

スランプである。もうどうすれば良いのかわからない。これが、こんなものが自分の限界なのかと思えば身が震えるほどに恐ろしくなった。

しかし宮仕えである以上、調子が悪いので出来ませんとは言えなかった。彼の研究費は領地の税金、伯爵家の資産から出ているのだ。成果物を出せと言われれば出すしかなかった。

たとえそれが納得のいかない物でも。

付呪術師ゲルハルトも終わったと陰口を叩かれる、そんな光景が目に見えていたとしても。

……ああ、やはり駄目だ。耐えられそうにない。

名誉を汚すくらいならいっそ逃げ出してしまいたかった。

「神よ、私を導いてください。あるいは私以外の付呪術師を皆殺しにしてください……」

物騒な祈りを捧《ささ》げていると、分厚い戸を叩《たた》く音が聞こえた。

「開いているぞ」

不機嫌な声で入室許可を出すと、騎士であり付呪術の弟子でもある三十代の精悍《せいかん》な男が入って来た。

「ジョセルか、どうした？」

「早馬が到着しました。ワイバーン退治に向かった勇者どのですが……」

「ふん、何だ。死んでくれたか？」

不機嫌さを隠そうともしない師匠に、ジョセルは困ったような顔を向けた。師匠ながらこうなった時は本当に面倒臭い。

勇者というのはただの渾名《あだな》であり、別に魔王討伐の使命を背負っているとかそうした話ではない。伯爵お気に入りの冒険者であり、厄介な魔物が現れた時などに討伐の依頼をしている相手だ。

変わった所で彼は魔物討伐の褒美に金銭を求めず、武具を願った。褒美として相応《ふさわ》しい魔法武器を作るのがゲルハルトの役目である。

「いえ、討伐を終えて戻ってくるそうです。何日か周囲の警戒をしてからとのことで、十日ほどで」

「何が警戒だ。村娘と乱交してくるとでも言ったらどうだ」

「お師様、勇者どのが何か悪事を働いた訳ではありませんよ」

「むう……」

ゲルハルトは勇者を毛嫌いしているが、勇者から不倶戴天《ふぐたいてん》の敵と見定められているわけではない。あくまで一方的な憎悪である。

勇者は今まで何度も伯爵の依頼をこなし、何度も褒美を貰《もら》ってきた。武具を作ってくれる者、使ってくれる者として、親子どころか祖父と孫くらいの歳《とし》の差がありながらふたりの間には確かな敬意と信頼があった。

事件が起きたのは前回の謁見《えっけん》の場においてだ。もっとも、それを事件と感じていたのはゲルハルトただひとりだけだが。

大型魔物の討伐を終えて戻った勇者を伯爵は上機嫌で出迎えた。

街一番の鍛冶屋《かじや》に作らせた長剣にゲルハルトが魔法効果を付与したものが褒美として与えられたのだが、許しを得てその場で剣を抜いた勇者の顔に一瞬だけ失望の色が浮かんだのだった。

祝いの席で誰《だれ》もが明るい笑みを浮かべるなか、ゲルハルトだけはそれを見逃さなかった。いっそ何も気付かなければ幸せでいられたのだろうが、そうもいかなくなってしまった。

なんだ、こんなものか。勇者の表情はそう語っていた。大した特徴の無い、良い剣ではあるがコレクションとしての価値は何も無い物。

屈辱であった。恥辱で頬が赤く染まり、次に怒りで真《ま》っ赤《か》になった。まるで人生そのものを否定されたような気分だった。

とはいえ、ゲルハルトが提出した剣は絶対の自信作というわけでもなかった。惰性と手癖で作ってはいなかったかと自省もしていた。

次こそ、次こそは武器マニアの小僧が飛び上がって喜ぶような逸品を作り上げたい。奴の感謝と尊敬の眼差《まなざ》しだけがゲルハルトの名誉を回復させる。

現実はそう上手《うま》くいかなかった。傑作とは作ろうと思って作れるものではない。剣に込められた魔力はどれも平凡としか言い様の無いものであった。

また凡作を提出し、失望され、勇者の口からもう武具は結構ですなどと言われては、付呪術師としてのゲルハルトは死んだも同然である。悩んでいる最中に弟子がやって来たのも何かの導きだろうか。藁《わら》にもすがるような気持ちで言った。

「ジョセル、武器を手に入れてくれ。わしの生涯最高傑作に相応しいだけの武器を」

付呪で込められる魔力は武具の出来にも大きく左右される。今以上の魔法武具を作るならば当然、今以上の武具が必要だ。

「それは……」

ジョセルの視線がちらと失敗作に向けられた。

街一番の鍛冶屋ボルビス工房に金に糸目は付けないと言って作らせた一級品である。これ以上の武具など、どうやって用意しろと言うのか。

そもそもあれを平凡だの失敗だのと言っているのは勇者やゲルハルトのような過剰に目が肥えた者たちだけである。中堅どころの冒険者に与えれば泣いて喜ぶだろうし、場合によっては靴だって舐《な》めるかもしれない。いらないと言うのであればジョセルだって欲しい。

「これはボルビスどのに打ってもらった剣ですよね。伯爵領で一番、国内でも五本の指に入る名工でしょう。それ以上となると、なかなか……」

「ふん、ボルビス。ボルビスか」

ゲルハルトは不機嫌そうに、そしてどこか悲しげに言った。

「奴は確かに名工だ、十年前と変わらぬ品質を保っておる。ふん、要するに十年前から何も進歩していないという事だな」

ゲルハルトとボルビスは長い付き合いである。それこそ十年前と言わずもっと若い頃《ころ》からだ。そんな相棒とも呼べる相手を技術が劣るという理由で切り捨てねばならない。辛《つら》く残酷な話だが、ここで情けを見せればゲルハルトの進化もそこで止まってしまうだろう。

決断をしなければならない。

「頼む、もうお主しか頼れる者はおらんのだ」

ジョセルは付呪術の弟子であると同時に伯爵家の高位騎士でもある。ゲルハルトにはない伝手《つて》も使えるだろうと期待しての頼みだったが、ジョセルは渋い顔で首を横に振った。

「あれ以上の物となると、王都の宝物庫に忍び込むくらいしかないでしょう」

冗談のつもりだったのだが彼の師匠は笑ってくれなかった。それどころか瞳《ひとみ》に危険な色が宿ったように見えて、慌てて話を打ちきった。

今はまだ大丈夫だ。しかし思い悩み追い詰められればこの師匠は何をしでかすかわかったものではない。ある程度の常識は弁《わきま》えているが、最終的に倫理観と芸術のどちらかを選べと言われたら後者を選択するだろうという確信があった。

「手を尽くしてみましょう。しかし、あまり望みは……」

期待はするなと言葉の中に入れたつもりだが、それが伝わっているのか、どうか。

師の憔悴《しょうすい》した姿を哀れと思い、なんとか力になりたいと考える一方で、この人とは距離を置いた方が良いかもしれないと心の片隅に冷徹な考えが浮かんでいた。

それから数日の間、ジョセルは鍛冶屋を訪ね商人を訪ね、冒険同業者組合にも行ってみたのだが収穫と呼べるものは何もなかった。

事情を話せば呆《あき》れられ、怒られ、あるいはなまくらを見せられた。完全に徒労である。

名剣、聖剣というものは畑で採れるようなものではない。ゲルハルトの手元にあったものが考え得る限り最高のものであったと再認識しただけであった。

傑作が出来たから次はもっと良いものを。その次はさらに良いものを。それが当たり前だと感じてしまえばいつか破綻《はたん》するに決まっている。

ジョセルはゲルハルトが伯爵領で一番の付呪術師と信じている。あるいは国一番かもしれない。ひょっとすると大陸一かもしれない。

そんな男が自らを追い込み、潰《つぶ》れていくところなど見たくはなかった。

どうしたものか。城内の私室にて思案していると、騎士見習いの少年が遠慮がちに入ってきた。

「ジョセル様、警備隊の詰め所で騒ぎが起きました。怪我《けが》人も出ているようです」

「またあいつらか……」

ジョセルは苦々しく呟《つぶや》いた。

貴族とも言えず、平民とも言いきれぬ中途半端な家柄。家督の継げぬ次男三男あたりの受け入れ先。正式な騎士叙任式を受けたわけでもない半端者の集まりだ。

礼儀作法は知らず、素行が悪く大した武芸も身に付けていない。騎乗許可を持っただけの雑兵ども。ジョセルとしては彼らを騎士と呼ぶことすら嫌悪していた。

見習いの少年が騎士団と呼ばず警備隊と言ったのは、そうしないと主《あるじ》が不機嫌になると知っていたからだ。

「で、あいつらは何をした。酒の席で殺し合って全滅したとかならば祝杯を用意するが」

「新しく手に入れた剣に頬擦りして、大出血をしたそうです」

「……以前から馬鹿だと思っていたが、俺の評価はまだ甘かったらしいな」

あの貧乏騎士どもがどうやって新たな剣を手に入れたのか。その辺も含めて調査せねばなるまい。どうせ碌《ろく》な手段ではないだろう、それだけは確かだ。

正直に言って面倒だ。ジョセルはため息を吐《つ》きながら鉛でもぶら下げたかのように重い腰を上げ、剣を差しマントを羽織った。

「そういえば……」

天井を見上げながら、ジョセルはふと思い付いたように言った。

「何故《なぜ》そんなことをしたのかは聞いたか？」

「剣があまりにも美しすぎた、とのことです。その時のことはよく覚えておらず、気が付いたら頬が切れていたとのことで」

「なんだそりゃあ……？」

怪訝《けげん》な表情を浮かべるジョセルであった。まるで意味がわからないが、その剣には少し興味が湧《わ》いてきた。

「何をやっているんだお前らは……」

騎士団の詰め所にてジョセルはほとほと呆れ果てていた。騎士たちは皆、肩を落として高位騎士の怒りが通りすぎるのを待っていた。

盗賊を退治して溜《た》め込んでいた財を奪うのはいい。

盗賊に通行料を払っていたという商人たちを捕らえて身代金を要求していたことについては問題ありだが、今回ジョセルはその点を咎《とが》めるつもりはなかった。

兵というのはただそこに居るだけで金がかかる。資金調達の手段を咎めて、では伯爵家から出す騎士団の運営費を増額してください、などという話になっても対応出来ないからだ。非常に不愉快ではあるが影響力のある豪商に手を出さなかっただけ良しとするしかない。

聞いたところ新しく手に入れた剣というのは身代金代わりに受け取ったという話だが、それに頬擦りして顔を深く切ったというのはまるで意味がわからなかった。負傷した男は医務室に運ばれている。残念ながら命に別状はないようだ。

「とりあえずその剣を出せ」

ジョセルとしては理不尽な事を言ったつもりはない。騎士団の詰め所で刃傷《にんじょう》沙汰《ざた》を起こした原因を没収するのは当然の事だ。しかし、年かさの騎士がひどく不満げに答えた。

「あれは我々が手に入れたものでして……」

「まっとうな手段ではなかろう。それともこの一件、伯爵か教会に預けた方がいいか?」

千切れそうなほどに激しく首を振る騎士一同。そんな事をされては全員が処罰を免れず、彼らの実家にも被害が及ぶだろう。

騎士のひとりが背中を丸めとぼとぼと奥へと歩き、一振の剣を持って来た。見たことの無い、変わった作りの剣であった。

ジョセルはこの場で抜こうとしたが思いとどまった。何かしら呪《のろ》いがかけられているのかもしれない。これはゲルハルトに相談するべきと判断した。

「この一件は私が処理しておく。それとあまり商人どもを追い詰めるな。奴《やつ》らは貴様らが思う以上に強《したた》かだぞ」

そう言い残してジョセルは不機嫌そうに足音を鳴らして詰め所を後にした。

残された者たちに広がる安堵《あんど》と喪失感。厄介な上司がいなくなってくれたのは良いが、代わりに失ってはならぬ大切なものがなくなってしまった。

もう二度とあの剣を手にすることは叶《かな》わないだろう。何もしなかった連中から年かさの騎士に非難の目が集まった。詰め所内は険悪な空気のまま、誰も言葉を発しなかった。


昼過ぎになって詰め所に現れた珍客。それは以前捕まえていた商人、あの剣と引き換えに解放した女であった。

「どうも、こんちわ!」

数日間地下牢《ちかろう》に閉じ込められていたことなど忘れてしまったかのように元気に話しかけてくる。何をしに来たのかわからないが、厄介事の匂《にお》いが色濃く漂ってきた。

「何か用か……?」

騎士のひとりが憮然《ぶぜん》として言った。

「あの素晴らしい剣、刀と言うのですがね。あんな美しい物を見た後では同じ作者の作品が欲しくなる頃じゃあないかと思いましてねえ!」

その女、クラウディアは異臭に気が付き鼻をひくつかせながら辺りを無遠慮に見渡した。

「血の匂いがしますねえ。ひょっとして、刀を巡って殺し合いでもしました？」

「そんな訳があるか！　馬鹿が勝手に頬擦りしただけだ！」

叫んだ後で男は、余計な事を言ってしまったと後悔し舌打ちした。

自滅ならばただひとりの責任だが、斬り合ったとなれば全員の責任だ。誤解とはいえそんな話を広められては困るといった焦りと、ジョセルに刀を持っていかれてしまった苛《いら》立《だ》ちから、つい口が滑ってしまった。

ああ、この女のにやけ面のなんと腹立つことか！

もう一度牢にぶち込んでやりたかったが、自重しろとジョセルに釘《くぎ》を刺されたばかりであるし、捕まえる口実も無い。

「あの剣、呪いでもかかっていたんじゃないだろうな……」

「いえいえとんでもない。あの刀は純粋に美しすぎたのです。魔力なども感じられなかったでしょう？」

騎士たちに魔術の心得などなく、魔力云々《うんぬん》と言われてもさっぱりわからない。しかし、わからないと答えられない見栄から曖昧《あいまい》に頷《うなず》くしかなかった。ちなみに、クラウディアも魔術の事などさっぱりわかっていなかった。

「それで、いかがですか。ご予算に合わせて何でもお作りしますよ。長剣を買い換えるのも難しいでしょうから、たとえば銀貨八十枚で短剣など」

クラウディアの提案に騎士たちは唸《うな》った。良い武器が欲しいという熱は高まっているが、自由に使える金は限られている。

賊と商人から金を巻き上げたものの、その大半は騎士団の運営費、上層部への付け届け、借金まみれの実家への仕送りなどで消えていった。残った金を皆で分ければ微々たるものである。

やがてひとりの若い騎士が意を決したように手を挙げた。

「注文いいか、一本頼みたい」

「はい、まいど！　お名前を伺ってもよろしいですか。それと握りの太さや刃《は》の長さなど、何かリクエストがございましたら……」

手際よく話を進めるクラウディア。その様子を見てひとり、またひとりと希望者が現れた。

最終的に短剣五本の商談をまとめ、クラウディアは満面の笑みを浮かべて言った。

「初回取引ということで前金はいただきません。短剣と代金を一括交換でお願いします。それではまた！」

唐突に現れ、唐突に去っていったクラウディア。注文した者も機会を逃した者も、今のやりとりは現実であったのかと首を捻《ひね》っていた。

鍛冶屋《かじや》は何者なのか、どこに住んでいるのかなど聞きたいことは山ほどあったはずなのだが聞き忘れてしまった。

仕方がないので彼らは通常の業務に戻った。それはつまり詰め所で昼寝をしたりチェスに興じたりするだけである。剣の稽古《けいこ》をする者がいないわけではないが、あくまで暇潰しに過ぎない。

この時、市場で十数人の殴り合いが起きていたのだが騎士団に仲裁を求めようとする者は居なかった。

誰《だれ》にだって時間は有限であり、大切である。

ジョセルが刀を差し出し手に入れた経緯を説明すると、ゲルハルトの憔悴した顔にじわじわと赤みが戻ってきた。

「面白い、実に面白いじゃあないか！」

興奮して刀を抜こうとするゲルハルトをジョセルが慌てて止めた。

「お師様、この剣には呪いがかかっているかもしれません。どうか、慎重に」

「ふん、刀から何の魔力も感じぬよ。それにわしは精神耐性の魔道具をいくつも着けておる」

「失礼しました。しかし……」

「油断はするなと言いたいのだろう？　わかった、わしの様子がおかしいとなったらお主が止めてくれ。よいな？」

「はい」

力強く頷くジョセルであった。

「ところでお師様、先ほどカタナと申されましたが何の事でございましょうや」

「うむ、これはこの国の技術ではない、東方で作られる刀という武具だ。剣と呼んでも別に間違いではないがな」

何故そんな物が持ち込まれたのか、それを惜しげもなく放り出した男は何者なのか。興味は尽きないが今は目の前の刀とやらを調べるべきだ。

ゲルハルトは刀を抜いて、眉《まゆ》をひそめた。

「馬鹿どもが……」

と、憎しみを込めて呟く。刀身が血で曇っていた。自傷騒ぎが起きた後、適当に布か何かで拭《ぬぐ》っただけのようだ。ろくに武器の手入れも出来ない連中が持っていたら、いずれ錆《さ》びてぼろぼろになっていたかもしれない。

ゲルハルトは無言で立ち上がり砥石《といし》を用意した。ここは付呪術《ふじゅじゅつ》の作業場であるが、武器の手入れ道具もある程度揃《そろ》っている。

濡《ぬ》れた砥石に刀身を擦《こす》り付けると、ゲルハルトの背にぞくりと走る感覚があった。寒気か、あるいは快楽か。

奇妙な色気があった。刀を研いでいるのか、女体を愛撫《あいぶ》しているのかわからなくなってきた。

六十五歳の付呪術師は今、刀を研ぎながら痛いほどに勃起《ぼっき》していた。研ぎ、あるいは伽《と》ぎと呼ぶべきか。なんとか終えて自制心を振り絞り意識を現実に引き戻した。荒く息を吐きながら、事前情報も覚悟もなくこの刀を見つめていれば引き込まれてしまうだろうという納得があった。

水気を拭い取り、刀油を塗布して鞘《さや》に納め、そこでようやくジョセルが不安そうに見ていることに気が付いた。

「わしの様子はどうであったかな。正直、記憶が曖昧でな」

「失礼ながらひどく興奮しているように見えました。研ぎを中断させるかどうか悩みましたが……」

「ふむ、ジョセルよ、ひとつわかった事がある」

「はい」

「これが恋だ」

「……はい？」

言っている意味はよくわからないが、ゲルハルトの恍惚《こうこつ》とした表情からして彼はどうやら本気のようだ。

「今なら最高傑作が、生涯最高の作品が出来上がるだろうというこの感覚。国王でも法王でも味わえぬ、職人だけの愉悦よのう！」

刀を持ったままゲルハルトはげらげらと笑い出した。

このお人も刀の魔性に取《と》り憑《つ》かれてしまったのか。いや、刀の美しさがお師様ご自身の本性を引き出したのかとジョセルは悩んでいた。

ゲルハルトはひとしきり笑った後でジョセルに優しく語りかけた。

「ジョセル、ようやってくれた。よくぞこの刀とわしを巡り合わせてくれた。礼を言わせてくれ」

「もったいなきお言葉です」

「わしはこれから刀に付呪を施す。お主はもう帰るがいい」

「何かお手伝い出来ることはありませんか。お師様が最高傑作に挑むとなれば、是非とも見学したいのですが……」

付呪術師を目指す者として当然の欲求であったが、ゲルハルトは申し訳なさそうに首を横に振った。

「すまんな、一人で集中したいのだ。その代わり出来上がったら真っ先にお主に見せよう」

集中したいと言われてしまえば無理に居座るわけにもいかなかった。寂しげに立ち去るジョセルの背に、ゲルハルトは軽く頭を下げて詫《わ》びた。

気を取り直し、儀式台に刀を乗せて幾何学的に宝石を配置する。魔力が流れ始め、儀式台がむき出しの心臓のように脈打っていた。

呪いの逆流に耐えるためにいくつもの高価な魔法耐性アクセサリーを身に付け、鬼気迫る表情で儀式台の前に座った。

今までにない魔力の奔流。一歩間違えれば自分は呪いに飲み込まれて死ぬだろうという予感は恐ろしさよりも、むしろ楽しさを沸き起こらせた。

そういえばこの刀の作者は誰なのだろうと気になり、留め具である目釘を器用に外し、柄《つか》と鍔《つば》を取り外した。柄で隠れていた部分、茎《なかご》に銘が刻んであるはずと思ったのだが、何もなかった。

これほどの刀が無銘とはどういうことか。刀匠が気に入らずに銘を刻まなかったなどということはあるまい。

訳ありか。ますますもって怪しい刀であった。

刀匠の名が知れれば話を聞きたかった。出来ればスポンサーになって刀をいくつも作って欲しかったが仕方がない。現代に生きる刀匠かどうかもわからない。

ゲルハルトは不気味に光り脈打つ儀式台の上で、たがねを使って刀身に古代文字を刻み始めた。

一字刻む毎《ごと》に宝石がいくつも砕け砂と化す。手元が狂わぬよう、手順を誤らぬよう、ゲルハルトは全神経を集中させた。呼吸することも忘れ何度も失神しかけた。

十数個の宝石が砕け散り、儀式台の光が収まるとゲルハルトは全身汗まみれでまるで何日も徹夜したかのように目元がクマが出来て黒ずんでいた。

しかしその口元には満足げな、会心の笑みが浮かんでいた。

翌日。ジョセルは騎士としての業務を終えて付呪術工房へ向かった。ノックをするが返事はない。まさかお師様も刀の魔性に飲まれて自傷、あるいは自害なされてしまったのではと、最悪の想像をしてしまった。

「お師様、ご無事で！」

ドアに鍵《かぎ》がかかっているがそれほど頑丈な作りではない。思い切り蹴飛《けと》ばすと簡単に開いた。

血の匂いがしないことに安堵しつつ周囲を見渡す。ゲルハルトの姿がない。剣の柄に手をかけて慎重に進むと、足元に何かが転がっていた。

ゲルハルトだ。刀を抱いて、楽しげな顔で寝息を立てていた。まるで玩具《おもちゃ》が気に入った子供だ。これが伯爵領で一番と言われる、名誉をほしいままにした付呪術師の姿と誰が信じるだろうか。

あまりにも気持ち良さそうに寝ているので起こすのも気が引けたが、高齢の師を床で寝かせて風邪でもひかせる方が不忠であろうと考え直し、揺すって起こした。

「お師様、起きてください。寝るならばベッドで寝てください」

「……ん、おお、ジョセルか。早起きだな」

「もう昼過ぎにございます」

ゲルハルトは不思議そうに辺りを見回した。床で寝ていたことも、刀を抱いていたことにも初めて気が付いたらしい。

「太陽に昇ってくれと頼んだ覚えはないのだがな……」

師が寝ぼけているのか本気なのか、判断の付かぬジョセルであった。

「お師様、その剣……、ではなくカタナでしたか。いかようになりましたか？」

よくぞ聞いてくれた、とばかりにゲルハルトはニヤリと笑った。自慢したい気持ちはあったし、ここで興味を持たぬようでは付呪術師たる資格は無い。

「見たいか？」

「是非とも」

ゲルハルトは立ち上がり、タンスから禍々《まがまが》しい装飾のネックレスを取り出してジョセルに渡した。

「精神異常耐性の付いた魔道具だ、着けておけ」

騎士の精神力をもってすればいかなる幻覚にも惑わされはしないと言おうとしたのだが、師の真剣な表情に圧《お》されジョセルは素直に従うことにした。

たかが武器、魔法がかかっただけの刀に過ぎないはずなのに、ジョセルは猛獣の檻《おり》を開けるような気持ちで鞘から抜いた。

部屋中に甘い香りが広がった。いや、刀からそんな匂《にお》いがするはずはない。これは幻覚だ。まるで夢の中で夢だと気付く明晰《めいせき》夢。夢と知りつつ身動きが取れなかった。

目の前に全裸の美しい女が現れた。頭からバケツで血を被《かぶ》ったかのように血塗《ちまみ》れで、ジョセルが持っているのと同じ刀を握っていた。

その微笑《ほほえ》みは聖女か慈母か。女が刀を振り上げるが、ジョセルはそれでも動けなかった。

斬られると思った瞬間、ピシリと石が砕ける音がした。女の幻覚も甘い香りも霧散して、薄暗い工房の景色《けしき》が戻ってきた。

ジョセルは首筋に刃を当てていた。ゲルハルトがジョセルの手首を掴《つか》んで押さえている。もう少しで訳もわからぬままに自害していたかと思えば全身から冷や汗が吹き出してくる。

震える手で刀を鞘へと戻し、ネックレスを確かめると中央の宝石が見事に砕けていた。

先ほどまでとは性質の違う恐怖が襲ってきた。想像もつかぬほどに高価な魔道具を壊してしまったのだ。具体的にいくらかはわからないが、騎士がそう簡単に払えるような代物ではあるまい。

砕けた宝石がどれだけの大きさだったのか、怖くて見ることも出来なかった。

「お師様、申し訳ありません。我が身の未熟さ故に、お預かりした魔道具を壊してしまいました」

詫びながら刀を渡す。応じるゲルハルトの声は優しいものであった。

「気にするな。付呪術師にとって耐性魔道具など消耗品に過ぎぬ。むしろここでケチるような奴《やつ》は早死にするぞ。よい経験が出来たと思うがよい」

「お師様……、ありがとうございます」

この人に付いてきてよかった、そんな感動で胸が一杯になるジョセルであった。それはそれとして割れた宝石の値段は聞かないことにした。

「さて、ジョセルよ。お主は何を見せられた？」

「はい、それが……」

甘い匂い、血塗れの女、明晰夢のような感覚。出来る限り詳しく話すジョセル。ゲルハルトは何度も頷《うなず》いて聞いていた。

「我ながら恐ろしい刀に仕上がったものよのう。ふふふ……」

恐ろしいと言いながら、完全に楽しんでいるような口調であった。

「お師様、あの刀にいかなる魔術を刻んだのですか？」

「魅了《チャーム》だ」

「なんと……」

基本的に武器に魔術付与する場合は軽量化や切れ味の向上、あるいは炎や氷などの属性を付けることが多い。

戦う前ならともかく、相手に斬り付けて初めて効果を発揮する魅了などまるで意味がないので、安くない金額を費やして魅了を付ける者などいなかった。

それを、ゲルハルトはやったのだと言う。

「刀がな、わしに語りかけてきたのだ。魅了を刻めとな。その結果どうなったかは、お主が経験した通りだ」

「刀自身が決めたと言うのですか」

「無論、本当にしゃべった訳ではあるまいよ。わしが勝手にそう感じただけだ。長く付呪術師などやっているとな、武器を見ているだけでどうすればよいのか、何が一番適しているのか自《おの》ずとわかる事もあるのだ」

ゲルハルトは暗い笑みを浮かべながら刀を少しだけ抜き、また納めるといったことを繰り返していた。カチリ、カチンと不気味な金属音が工房に鳴り響く。

「これならばあの坊やも文句は言えまいよ」

「しかし、謁見《えっけん》の間にて勇者どのが自害、あるいは伯爵に斬りかかったりするやもしれませぬ」

「それの何が問題だ？」

あっさりと言い放つゲルハルトであった。ジョセルはしばし、何を言われたのか理解できなかった。

「問題と言えば問題しかないのですが……」

「わしも勇者どのも罪に問われるだろうな。並んで仲良く首を落とされるというわけだ。だが、騒ぎが大きくなればなるほどこの刀が注目されるというものだ。付呪術師《ふじゆじゆつし》冥利《みようり》に尽きるというものではないか。なあ？」

忘れていた、そして思い出した。この人はまともではなかったと。弟子に優しいことと世間に優しいことは、必ずしも両立するわけではない。

勇者どのには一言忠告くらいはしておこうと考えるジョセルであった。

第三章　楽園の扉

少しだけ傾いたテーブルに載せられた五本の短刀。

クラウディアはそのうちの一本を拾い黒塗りの鞘《さや》を掴んだ。

「これを抜いたら自害したくなるとか、そんなことはないだろうね」

いたずらっぽい笑みを浮かべて向かい側に座るルッツへ話しかけた。

「あんな妖《あや》しげな刀がそうぽんぽん作れてたまるか」

ルッツが眉《まゆ》をひそめて答え、クラウディアは軽く頷いてから短刀を引き抜いた。

「むぅ……」

見る者を唸《うな》らせる重厚な輝き。護身用のナイフとしてはやや重いが、それがかえって力強さを感じさせた。

妖気《ようき》のようなものは感じないが、持つ者に勇気を与えてくれそうな武器だ。

しかしクラウディアはどこか不服そうに言った。

「銀貨八十枚の価値ではないねぇ」

「……だろうな、いくらだ」

「金貨五枚は取れる」

返す言葉もなく、ルッツはただ頭を掻《か》いて黙るしかなかった。銀貨八十枚と言われれば銀貨八十枚の仕事に収める、これは重要なスキルである。

無論、品質の良い物を作るのは大事だが市場価格が五倍以上というのはやりすぎであった。鋼を鍛えるのも、研ぎ上げるのも一切妥協はしていない。

鉄斧《てつおの》を納品した時は普通にそれなりの物を作っていた。刀鍛冶《かたなかじ》の師である父からは手抜きの仕方も教わっている。プライドが邪魔をして一切の手抜きが出来ない、などという事はないのだ。それほど綺麗《きれい》な生き方をしてきたつもりはない。

クラウディアは短刀の刃《やいば》とルッツの顔を何度も見比べてから薄く笑った。

「そうかそうか、うん。私のためか」

「……さあな」

クラウディアは言いがかりをつけて投獄したような相手の所に乗り込んで注文を取って来たのだ。ここで鉄屑《てつくず》やなまくら刀を渡しては彼女の顔に泥を塗ることになる。そうした事情が余計に、ルッツの気合いに繋《つな》がった部分はあったかもしれない。

「鍛造の刃はどうしたって出来不出来がある。過剰品質と言っても俺の手間が増えただけで使った材料に変わりは無いから赤字にはならんだろ。……炭はちょっと多めに使ったかもしれないが、まあ許容範囲だ」

鍛造とは鉄を叩《たた》いて伸ばして加工する製法である。対して溶けた鉄を型に流し込む製法を鋳造と呼び、こちらの方が大量生産に向いているが強度は鍛造に比べて弱くなった。

ちなみに、以前クラウディアに納めた斧は鋳造品を研ぎ上げたものであり、普段使いならばこれで十分である。

「そうかそうか、ふぅン……」

クラウディアは笑いながら立ち上がり、ルッツの背後に回って細腕を首に巻き付けた。ルッツの耳を唇で愛撫《あいぶ》するような形で囁《ささや》く。

「なあルッツくん、君は私が地下牢《ちかろう》でどれだけ心細い思いをしていたか、よくわかっていないだろう」

「奴らに捕まっていた時の話か。わかる、とまでは言えないな……」

「薄暗い地下牢でさ、自分はあと何日かしたら騎士団のケダモノどもに凌辱《りょうじょく》され、その後は何処《どこ》かに売り払われてよりひどい目に遭わされるんだって、そんなことばかり考えていたよ。不安で、不安で押《お》し潰《つぶ》されそうになって、呼吸が出来なくなったり胃液を吐いたりしていたさ」

クラウディアの声は震えていた。

下級役人が市民を脅すなどよくある事だ。しかし、やられた当人はたまったものではない。よくある事、という諦《あきら》めがどこか感覚を麻痺《まひ》させてはいなかっただろうか。

ルッツは金貨百枚相当の刀を投げ出してクラウディアを救った。だがクラウディアの気持ちを深く読み取ろうとしたかと言えば自信が無い。いつもの明るさが戻っていたからそれでよし、と考えていなかったか。

深い、深い絶望の闇《やみ》から救い出したルッツがクラウディアからどう見られているのか。そこを掘り下げようとはしていなかった。

「ルッツくん、私は君のことが好きだよ。だが、助けられたから惚《ほ》れただなんて単純な話だとは思わないでくれ」

「ああ……」

クラウディアはルッツの耳たぶを軽く舐《な》めてから話を続けた。

「以前から君のことは憎からず想《おも》っていたよ。そして奴らに向かって刀を投げるのを見た時、ああ、この人は私の為《ため》にここまで出来るんだなって、そう感じたのさ。私が危機に陥ればいかなる犠牲を払ってでも助けてくれるのだろうなと。この人はいざという時に行動できる人だ、そんなところを尊敬し、惚れ込んだんだよ」

ルッツの首に回された腕に力がこもり、クラウディアは顔を伏せた。泣いているのかもしれない。

ルッツは口を挟まなかった。

「君の家に押し掛けると言った時、さぞかし図々しい女だと思っただろうねえ」

「すまん、それは少し思った」

「まったくこのにぶちん男め。私は勇気を振り絞って言ったんだぞ、追い出されたらどうしようかとヒヤヒヤしていたもんさ」

クラウディアは呆《あき》れたようにため息を吐《つ》いた。息がルッツの髪に当たってくすぐったいような、気持ち良いようなおかしな気分だ。

「以前から何度も言っただろう。君が、私のことを好きなんだって。私はその想いに応《こた》えるためにどうすればいいか、そんなことばかり考えていたさ」

腕を解いてすっと離れるクラウディア。ルッツが振り向くと、クラウディアは優しげな笑みを浮かべながら羞恥《しゅうち》で顔を赤くしていた。ルッツが彼女を美しいと思ったことは何度もあるが、可愛《かわい》らしいと思ったのは初めてである。

「金貨百枚を私の為に放り出した君が、渋い顔で小銭を数えているのを見るとものすごく興奮する」

「……それは聞きたくなかったな」

「いや失敬。私が言いたいのは、その……」

と、少し口ごもってから続けた。

「そんな君に私の全《すべ》てを捧《ささ》げたい。全身全霊をかけて愛してあげたいと、そういう事なんだ」

「クラウディア……」

本心ではあるが、やはり恥ずかしい。少し前までただの取引相手であり、悪友のようなものだったのだ。クラウディアは少し早口で話を進めた。

「君のためならば何でもしよう。無論、常識の範囲内でだが。何か私にして欲しい事はあるかい?」

ルッツは立ち上がり、クラウディアの艶《つや》やかな瞳《ひとみ》をじっと見つめた。もう、答えは決まっている。

「君を抱きたい。今すぐにだ」

直球でぶつけられ、戸惑うクラウディア。窓から夏の日差しが漏れ入っている。まだ十分に明るい時間だ。暗ければ良いという訳でもないが。

こうなるだろうと予想はしていた。覚悟も、期待もしていた。拒む理由があるだろうか。いや、何もない。胸の高鳴りが聞こえてしまわないかと気にしながら、クラウディアは優しく微笑《ほほえ》んだ。

「……うん、いいよ。そろそろハッキリさせておこうじゃないか。君が私のものであり、私が君のものであるということを」

クラウディアはルッツの腕にしがみついて、ぎゅっと身体《からだ》を寄せた。

狭い家である。寝室までたったの数歩だが、こうして歩くのはクラウディアにとって神聖な儀式でもあった。

この日を境に、ルッツは刀を手放したのが正しかったのかどうかと悩む事はなくなった。

目を覚ますと既に日が暮れていた。

ベッドが狭い。隣に目をやると、小さく寝息を立てるクラウディアがいた。

ルッツは立ち上がり掛け布団と呼ぶのも憚《はばか》られる薄い布を剥《は》がすと、白い裸身が薄闇の中に浮かび上がった。

比べるのもおかしな話であるが、刀に勝るとも劣らぬ美しい身体であった。特に尻《しり》が良い。

クラウディアの尻を撫《な》で回すと、滑らかでありながら吸い付くような不思議な肌触りであった。撫でているだけで一日潰せそうだと本気で考えながら触り続けた。この感触は本当にクセになりそうだ。

尻が、いや、クラウディアの身体がのそりと起き上がった。お前は何をしているのだと、その冷たい視線が語っていた。

「ルッツくんは本当に私のお尻が好きだねえ」

「国宝に申請したいくらいだ」

「受理されたら君だけのお尻ではいられなくなるよ」

「それは困るな。止《や》めておこう」

クラウディアは散らばった衣服を拾い集め着替え始める。その様子をルッツは名残惜しそうに眺めていた。

「そんな残念な顔をしないでくれたまえ。君が求めればいつでも応じるし、求められていなくてもこっちから押し倒す」

「素晴らしいな、実に良い。ただベッドが狭いことだけは問題だな」

「隣の部屋からベッドを持ってきて繋げて使おうじゃないか。そうだな、私は食事の準備をしているのでルッツくんがやっておいてくれたまえ」

「わかった」

ベッドと言っても木枠を組んだだけの簡素なものである。刀鍛冶で鍛えたルッツには造作もない事であった。

「ああ、それと……」

「なんだろうか」

「いい加減、それをしまいたまえよ。男にも女にも良きものだが、晒《さら》しっぱなしではありがたみが薄れるよ」

と言って、クラウディアはひらひらと手を振りながら部屋を出た。

ルッツは苦笑いを浮かべながら衣服を拾い集めた。ここまで深い仲になっていながら、変わらぬものもある。それが少し嬉《うれ》しくもあった。

翌日、ルッツとクラウディアは揃《そろ》って騎士団の詰め所にやって来た。

「ただ商品を納めて金を受け取るだけなんだが……」

と、クラウディアは言うが、

「刀を差して不機嫌な面をした男が後ろに控えていた方が話も通じやすかろう。口出しはしない、腕組んで黙っているよ」

と言って半ば強引に付いてきた。

先日、クラウディアが牢獄でどんな思いをしてきたか聞いたばかりである。ひとりで行かせるのは気が引けた。

今さら奴《やつ》らがクラウディアに危害を加えるとも思えないが、それでも気分の良いものではないだろう。

「意外に過保護な奴だな」

などと言いつつ、安心もしているクラウディアであった。

冗談を交わしながら歩き続け、ふたりはあまり見たくもない詰め所の前にやって来た。

「こんちわ！　ご注文の品を届けにまいりました！」

元気よく詰め所に入るクラウディア。相変わらず騎士団の詰め所と言うよりも安酒場のような雰囲気だ。

テーブルのひとつに近づき短刀を並べた。集まってくる騎士たち。クラウディアは相手の名前を確認しながらこれはあなたに、こっちはあなたのと渡していった。

短刀を抜き、それぞれの口から感嘆の声が漏れる。

あの妖刀ほどではないが実に美しい刀身であった。むしろ妖刀と同じでは困るのでこれくらいが丁度いいのかもしれない。

軽く振ってみると重量のバランスもよく、手に馴染《なじ》む。今まで使っていたナイフが出来の悪い玩《おも》具《ちゃ》のようにすら思えてきた。騎士のひとりが早く誰《だれ》かを刺してみたいと言い出して笑いが起きたが、どこまでが冗談だったのか怪しいところだ。

そんな中、ひとりが値下げをしろと言い出した。鞘《さや》が地味である、伊達男《だておとこ》が提げるに相応《ふさわ》しくないから彫刻をし直す必要がある。これは欠陥品だと言うのだ。詰め所のどこにお洒落《しゃれ》な男がいるのかわからない、この男にはきっと妄想癖か何かがあるのだろう。

恫喝《どうかつ》に近い抗議をする騎士。こうした手合いには慣れているのか、クラウディアは怯《おび》えたりはしていないが酷《ひど》くうんざりとした表情であった。

ドアの付近で待機していたルッツが我慢の限界とばかりにずかずかと歩み寄り、男の手から短刀を奪い取った。

「貴様との取引は中止だ」

「なんだと、勝手なことをぬかすな！」

「勝手、勝手ときたか、ふん。俺はな、ハッキリ言ってこの短刀を打つのに気合いを入れすぎた。銀貨八十枚どころか金貨五枚の価値がある。だが俺たちはこれを銀貨八十枚で売りに来た、最初からそういう約束だったからだ。それが商売の誠実さというものだろう」

文句を付けてきた男から視線を外さぬまま、ルッツは短刀をクラウディアに投げ渡した。

「しかし何だ貴様は。短刀の価値を認めるどころか今になって銀貨六十枚にしろだと。ふざけやがって。目玉も根性も腐りきった奴にこの短刀は不要だろう」

「ああ？　さっきから黙って聞いてりゃ舐めたこと抜かしやがって！　鞘が地味なのは事実だろう

が、図星を突《つ》かれて逆ギレかコラ！」

「刀に彫刻をしろとか金銀宝石をちりばめろなんて注文をしたか？」

「それくらいやっておくのが常識だろうが！」

「常識っていうのはな、馬鹿の寝言を正当化するための言葉じゃないんだよ」

男は剣に手をかけて、ルッツは刀の柄《つか》に手を伸ばした。いつでも抜いて斬りかかれる、険悪にして剣呑《けんのん》な空気が張り詰めた。

ルッツは雑魚《ざこ》一匹を叩《たた》き斬る自信はある。しかしここは敵地でありクラウディアも守らねばならないので迂闊《うかつ》に動けなかった。

男はルッツの殺気に圧《お》され、自分は勝てるだろうかと自信が揺らいでいた。しかし仲間の手前、ここで引き下がるわけにはいかなかった。

「まいどぉ」

クラウディアの間延びした声が聞こえた。風船から空気が漏れるように男とルッツから殺気が抜けて、振り向くと他の騎士がクラウディアに銀貨を渡していた。

きっちり八十枚、掛ける四。取引成立である。

ルッツたちが言い争う裏でこんな会話があったのだ。

「金貨五枚の価値って、マジ？」

「マジマジ、大マジですとも。いやあ、久々の大仕事で彼ってば張り切り過ぎちゃいましてね。どうですかこの美しい刃紋。叩いて重ねてを何度も繰り返して、火入れも完璧《かんぺき》にしないとこうもくっきりと浮かび上がりませんよ」

「むぅ……」

クレームを付けた男に任せておけば全員分を値下げ出来るかもしれないと口を挟まなかったのだが、こうなってはむしろ取引の機会を逃してはならぬとひとり、またひとりと素直に金を払い出した。

クレーマー男は梯子《はしご》を外されたようなものである。皆の為にやっていたのに、という理不尽な怒りまで湧《わ》いてきた。

「おい、俺がまだ交渉中だろうが！」

「お前はお前で勝手にやってろよ。俺たちの分まで取引中止にされたらたまらんぜ」

言い争いの矛先が変わり、騎士同士が襟首を掴《つか》んで唾《つば》を飛ばして怒鳴りあいを始めた頃《ころ》、ルッツとクラウディアの姿は既に消えていた。


詰め所からふたり並んで夕日が照らす街道を通って帰る。これも二度目であり、あの時よりも少し距離が近い。

「……すまない、結局口出ししてしまった」

「ま、いいさ。あまり長いお付き合いをしたい客でもないからねえ」

詫《わ》びるルッツ、力なく笑うクラウディア。確かにまとまった金額は手に入ったが、毎度毎度この騒ぎには付き合っていられない。どこかで破綻《はたん》もするだろう。

「ところで余ったこれはどうするかねえ」

クラウディアが振ってみせたのは騎士から取り上げた短刀だ。銀貨八十枚の取引が台無しになったが、あそこで値下げしてしまう事こそ悪手だとクラウディアはさほど気にしてはいなかった。

「いっそのことクラウディアの護身用に……」

と、ルッツが言いかけたところで、

「おおい、待ってくれ！」

後ろから声をかけられた。詰め所にいた騎士だ。ルッツはクラウディアを守るように、柄に手をかけてずいと斜め前に出た。

よく見ればその男は短剣を購入した者ではなく、取引をご破算にした男でもない。はて何事であろうかとルッツたちは不審に思いながらも話を聞くことにした。

「一本余っただろう。それを売ってくれよ」

よほど急いで来たのか、男は息を荒く吐きながら言った。

「金貨五枚はさすがに出せないけど……」

男は少し匂《にお》う、重そうな革袋の財布を差し出した。銅貨と銀貨がごちゃ混ぜだが、全部で銀貨百枚分くらいはありそうだ。

ルッツはクラウディアと顔を見合わせてから首をすくめてみせた。任せる、好きにしてくれ。そういった意味だ。

「お値段変わらず、銀貨八十枚でお売りしましょう。見る目のあるお客さんは大歓迎ですよ！」

クラウディアは営業スマイルを張り付けながら短刀を差し出し、男の革袋から手慣れた様子で銀貨八十枚分をきっちりと取り出した。まるで手品でも見ているかのような鮮やかさだ。

男は短刀を鞘から抜いて、刀身の輝きを確かめてにやりと笑った。仲間たちが持っているのを見て羨《うらや》ましくなり、居ても立ってもいられなくなって追いかけてきたようだ。

ありがとよ、とだけ言って去る騎士を見送り、ルッツたちはまた歩き出した。

「まあ、喜んでもらえたようで何よりだ……」

クラウディアに懐刀としてプレゼントしようとした矢先の出来事である。売れたのは結構な事だとしても、なんとなく複雑な気分のルッツであった。

「ルッツくん、私に何かをくれるなら、もののついでではなく最初から私の為《ため》に作っておくれよ」

クラウディアはお金をルッツに渡しながら言った。計四百枚近くともなれば財布も相当な重さである。

「手作りのプレゼントとはなんともロマンティックじゃないか。そういうのに女心はぐっと揺れるものだよ」

「女に手作りの刀をプレゼントする奴なんて、そうそういないと思うが……」

「オンリーワンだねえ！」

すっかりテンションの上がりきったクラウディアであった。ルッツとしても、作ってやってもいいかなという気になっていた。それで喜んでもらえるならば良い事だ。

「あいつらの短刀が羨ましくなったか？」

「クソ野郎どもが名工ルッツの作を持っているのに、私が何も持っていないのはおかしいだろう。惚《ほ》れた女を守るのに相応しい逸品を打ってくれたまえよ」

「自分で言うかね」

「ふふん、君も否定はしないのだな」

「まったく……」

クラウディアの強引さに呆《あき》れつつ、どのような刀を作るか頭のなかで組み立てるルッツであった。

その頃、街中では勇者が魔物討伐を終えて帰還したという噂《うわさ》が流れていたのだがルッツたちには何ら関係のない話であった。

少なくとも、この時点では。


貴族は基本的に午前中は政務に追われている。よって、謁見《えつけん》は伯爵が政務を終えて昼食をとり、軽く休憩した後の三時頃となった。

魔物討伐成功の報告はもう何日も前に早馬で届けられたので急ぐ必要も無い。

勝手知ったる他人の家といったように大廊下を進む青年がいた。一応、案内の兵が先導しているのだがいてもいなくても同じだなとお互いが感じていた。

青年の名はリカルド、ワイバーン退治を終えて戻ってきた冒険者である。

謁見の間に向かう途中で顔見知りの騎士、ジョセルの姿が見えた。彼は軽く頷《うなず》いてから近づいて来る。何か話したいことでもあるようだ。

「よう、勇者どの。今回もご活躍だったようだな」

「その勇者っていうのやめてくださいよ」

軽口半分、迷惑半分といった口調でリカルドは答えた。

勇者というのは正式な肩書きではない。伯爵が勝手にそう言い出し、周囲の者たちもそれに倣っているだけである。

伯爵としてはお抱えの冒険者に箔《はく》を付けたいのだろうが、リカルドにしてみれば子供じみていて、どこか馬鹿にされているような気もするので好きではなかった。

ジョセルは辺りを見回してから、声を落として言った。

「リカルド、今回も褒美として魔法剣が与えられるのだが……」

「いやあ、嬉《うれ》しいですねえ。それが楽しみで来たようなもので」

リカルドは平民であり高位騎士のジョセルと気軽に話せるような身分ではない。その一方で伯爵の客分であり、領内の魔物を何度も討伐した英雄でもある。ジョセルとしても粗略に扱ってよい相手ではない。

お互いにどんなスタンスで話せばよいのかわからず手探りを続けた結果、一応は敬語だが気楽にという今のような関係になった。

「お気楽に言ってくれるがな、今回の奴は本当にまずいぞ、シャレにならん」

「へぇ……」

ジョセルは脅したつもりだったが、リカルドの瞳《ひとみ》は興味津々に輝いている。己の語彙《ごい》力の貧弱さを恨みつつ、ジョセルは恥を晒《さら》すことにした。

幻覚を見て危うく自害するところだったと語るとさすがにリカルドも、これはただ事ではないなと理解した。地位も名誉もある男が形振《なりふ》り構わず説得に来ているのだ。

「褒美を辞退しろ、などと言っても聞かんだろうな」

「気を付けろという忠告ならばありがたく受けとりますが、辞退は出来ません」

今さら武器はいりませんなどと言えばそれは伯爵と付呪術師《ふじゅじゅつし》の面子《メンツ》を潰《つぶ》すことになり、なにより武器マニアとしての魂がそれを許さない。

そうした返事は予想していた。ジョセルは眉間《みけん》に皺《しわ》を寄せながら、懐から古代文字の刻まれた不気味な腕輪を取り出した。

「持っておけ。精神耐性の付いた腕輪だ」

リカルドは少しだけむっとした表情を浮かべた。様々な魔物と戦ってきたリカルドはどんな幻覚にも耐える精神力があると自負していた。己の実力も実績も無視された親切心など不快でしかなかった。

それでも腕輪を受け取ったのはジョセルの顔を立てるためである。ここで意地を張ってプレゼントを突き返しても意味がない。リカルドもその程度の世渡りは心得ていた。


マクシミリアン・ツァンダー伯爵は上機嫌で勇者を謁見の間に迎えた。彼は生来身体《からだ》が弱く、武芸の心得などまるで無い。その反動か冒険者の話を聞くことを好み、武具の生産を奨励していた。

リカルドが語る冒険譚《ぼうけんだん》は吟遊詩人のように洗練されたものではないが、確かなリアリティがあった。

「うむ、よくやってくれた。やはりそなたこそ伯爵領の守り神、英雄、勇者よのう！」

「もったいないお言葉にて……」

褒めすぎである。不快とまでは言わないが、少々居心地《いごこち》が悪い。そんなことを言われてどんな顔をしていればいいのかわからない。伯爵の側近たちも笑みを浮かべてはいるものの、どこか冷めているようでもあった。

「褒美を取らせよう。ゲルハルト、用意は出来ているな」

「はい、閣下」

ゲルハルトが捧《ささ》げ持《も》つ刀をリカルドが恭しく受け取った。その際、ゲルハルトの眼《め》が妖《あや》しく挑戦的に光っているように見えたのは気のせいだろうか。

ジョセルにせよゲルハルトにせよ、先程から何か態度がおかしい。本当にこの剣には恐ろしい力が宿っているのかとリカルドは不安になってきた。

……馬鹿馬鹿しい。どんな魔力が込められていようが剣は剣だ。

殺し合いの道具以上でも以下でもない。武器は好きだ、武器を集めるのが好きだ。しかし武器の本質を見誤った事は一度もないつもりだ。

「閣下、この場で抜いてみてもよろしいでしょうか」

「うむ、よいぞよいぞ」

謁見の場でいきなり白刃を抜けばたちまち反逆罪である。リカルドは許しを求め、伯爵は快く頷いた。

これもいつも通りの流れである。リカルドとしては家に持ち帰ってからじっくり眺めるのでも構わないのだが、伯爵は褒美を与えた相手が喜ぶところを見たがるのだ。

伯爵にはどうもこうした無邪気というか、子供っぽいところがあった。しかしそれは彼が暗君であるという意味ではない。むしろ領内に魔物が出れば即座に対応しているあたりはなかなかの人物と評していいだろう。

他の領地であれば城壁外の農奴がどうなろうが知ったことではない、腹が膨れれば魔物も何処《どこ》かに行くだろうと放置するのが当然であった。残酷で無責任だが、貴族とはそうしたものだ。そもそも農奴を人間扱いしていないので、見捨てて悪いことをしたという意識すら無い。

リカルドがツァンダー伯爵領を拠点として活動しているのは良い武具を集める為と、このお人好《ひとよ》しの伯爵が嫌いではないからだ。

褒美を貰《もら》い、ちょっと喜んでみせるくらいのことはしてもいい。前回は剣があまりにも普通というか、予想通りすぎて反応に困ったものだが。

今回はどうか、お手並み拝見。そんな気分で刀を抜いた。一気に抜かず十センチほどで止めたのはジョセルの忠告とゲルハルトの笑みが気になったからであり、それがリカルドにとって吉と出た。

甘い匂いがする。香水をつけすぎた奴《やつ》でもいるのかと思ったが、刀を抜いた瞬間に漂って来るというのもおかしな話だ。

背後に気配を感じた。リカルドの肩に手を置いて何事かを呟《つぶや》いている。愛の言葉か、それとも呪《じゅ》詛《そ》か、両方か。

振り向きたいという衝動と、振り向いたら殺されるだろうという予感があった。

叫んだつもりだったが、まるで声が出なかった。

左手首に痒《かゆ》みを感じる、ジョセルから預かった腕輪を着けた部分だ。左腕はなんとか動きそうだ。鞘《さや》から押し込むようにして刀を納めると、匂いも恐ろしい気配も消え去った。

リカルドはひどく青ざめており、微《かす》かに震えていた。伯爵と側近たちは不安げに顔を覗《のぞ》き込んだ。

「どうしたリカルド、褒美が気に入らなかったか？」

「滅相もない！」

思いがけず大声を出してしまった。つい先程死の恐怖を味わったというのに、あの刀が欠陥品のように言われることが耐えられなかった。また、気に入らないと思われて別の物に取り替えようなどと言い出されてはたまったものではない。この伯爵は善意でそういうことをしそうだ。

伯爵が眼を丸くしている。場内の空気もどこか白けてしまっていた。とんでもない無礼をしでかしてしまったと、リカルドは慌てて頭を下げた。

「各地を旅してきた中でも、これ程の剣は見たことがありません。感動のあまりつい叫んでしまいました。どうかお許しください」

「そうかそうか、感動したならば仕方あるまい。勇者どのを労《ねぎら》うための場だ、そんなことで咎《とが》め立《だ》てはせぬぞ」

側近たちは釈然としない顔をしていたが、伯爵が上機嫌で許すと言ったのだからそれ以上の追及は出来なかった。無理に咎めようとすればそれは伯爵の決定に異を唱える事となる。

「これからも我が領内を守るために、力を貸してくれよ」

「ははっ！」

こうして謁見の儀は無事に終了した。少なくとも血を見ることはなかった。

顔を上げた際、ゲルハルトと目が合った。心底腹の立つ得意気な顔をしていた。このクソ爺《じじい》だけはいつかシメてやらねばなるまいと、心に誓うリカルドであった。


工房に戻ったゲルハルトたちは厄介な仕事を終わらせた祝杯のつもりでぬるいビールを呷《あお》った。

質の悪い水しか手に入らぬ地方である。子供から大人まで皆、水代わりにビールを飲んでいた。別にワインでも構わないのだが、ワインの製造は修道院に独占されており少々割高である。生臭坊

主どもを儲《もう》けさせるのも気分が悪いという理由もあって、ゲルハルトはビールを好んだ。

「いやあ、勇者どのの青ざめた顔は実に傑作だったな。あれだよ、あれが見たかったんだよ、わはは！」

ゲルハルトはご機嫌であったが、付き合わされているジョセルはあんなものを世に出してしまって本当に良かったのかと戸惑っていた。

「……そろそろ、来る頃《ころ》でしょうか」

ジョセルの問いに、ゲルハルトも頷いてみせた。

「来るだろうな」

勇者リカルドはあの刀のことを聞きに来るだろう。ひとりで刀を使いこなしてみせようというのであれば、それはそれで大したものだが。

しばらく付呪術について語っているとノックと呼ぶには乱暴なほど強くドアが叩《たた》かれた。

「ゲルハルト様おられますか、リカルドです！」

怒りと困惑を含んだ若者の声に苦笑し、杯を上げながらゲルハルトは答えた。

「開いているぞ、入ってこい」

鍵《かぎ》はつい先日ジョセルに破壊されてしまった。今のゲルハルトにとっては些細《ささい》な事である。

「ゲルハルト様、この剣は一体何ですか」

入るなりリカルドは刀を突き出して問い詰めた。

せっかちな男だ、そう言いたくなる気持ちもわかるが。ゲルハルトはわざとのんびりとした口調で答えた。

「何、とだけ言われてもどう答えればよいかわからんなあ」

「この剣は呪《のろ》いでもかかっているのかという話です」

「そんなものはかかっておらん」

「ならば、何故《なぜ》あんな……ッ！」

リカルドは言葉が続かなかった。あの奇妙な体験をうまく表現出来なかったのだ。

「まず始めに訂正しておこう。それは我が国の剣ではなく、異国の刀というものだ」

「カタナ、ですか？」

「片刃で、刀身に波打ったような刃紋が浮き出ているのが特徴だな。叩くよりも斬ることを重視しておる」

「そのカタナというのは、どれもがあんな不気味な力を持っているのですか」

「まさか。わしも今まで何度か刀を見たことがあるし、一本所有もしておるが、斬られてみたいなどと思ったことはない。あれだけが特別なのだ」

ゲルハルトの鋭い視線がリカルドの持つ刀へ注がれた。盗《と》られる事を警戒するようにリカルドは黒塗りの鞘を強く握った。

「美しい。本当に、ただ美しすぎたのだ。見る者全《すべ》ての心を乱すくらいにな。そんな刀に興味本意で魅了の魔法を付与したら手がつけられないほどの凶悪なものになってしまってな」

「なってしまった、じゃあないですよ！」

ヒートアップするリカルドをジョセルが宥《なだ》めて座らせた。冒険者風情が伯爵お抱えの付呪術師にかける言葉として無礼極まりないが、今のは明らかにお師様が悪いと咎め立てはしないジョセルであった。

「使いこなせないというのであれば返してもらってもいいぞ。代わりに普通の、それなりの剣をあげようじゃあないか。なあ、勇者どのよ」

ゲルハルトは『それなりの』という部分を強調して言った。先日の意趣返しのつもりである。

リカルドは言葉に詰まった。あの刀はどう考えても怪しい、危険だ。だが手放したいなどとは毛ほども思わなかった。

ゲルハルトは狼狽《うろた》えるリカルドを見ながら、そうだろうなと頷《うなず》いた。手放したくはない、剣士ならば当然だ。

「あの刀はお主のものだ、ならばわしから言うべきことは何もない。精神耐性の魔道具を付けて、少し抜いては納めを繰り返し慣れていくしかあるまいよ」

「……ご忠告、感謝いたします」

お前の刀だ、という言葉がリカルドに覚悟を決めさせた。魅力も危険性も理解した上でなお、あの刀の主《あるじ》でいたいと望むのであれば、後は自分でなんとかするしかない。

「それとジョセルが渡した腕輪をな、返せ」

「いただけたのではなかったのですか?」

「何の冗談で自分の弟子でもなんでもない奴に高価な魔道具をくれてやらにゃあならんのだ。ジョセルがどうしても、謁見《えっけん》の間で刃傷沙汰《にんじょうざた》を起こしたくないと言うから仕方なく、しかたなあく、貸してやっただけだ」

「ぬぅ……」

あの腕輪のおかげで助かったのだという実績がある。これから刀の誘惑に耐える訓練をしようという時に持って行かれてはたまらない。買い取ります、と言いたいところだったが、精神耐性魔道具はかなりの高値と相場が決まっていた。

ゲルハルトは重そうに腰を上げた。

「これから伯爵に面会を求める。お主もついて来い、そうすれば腕輪はしばらく貸してやってもいいぞ」

「それはありがたいお話ですが、一体何のご用で？」

リカルドはジョセルを見るが、彼は黙って首を横に振った。どうやらジョセルも知らないらしい。

ゲルハルトは何でもない事のように言い放った。

「なに、ちょっと職務放棄をな」

面会を申し込むと伯爵は快く応じてくれた。ただ、つい二時間ほど前に会ったばかりである。何の用であろうかと首を捻《ひね》っていた。

「専属付呪術師《ふじゅじゅつし》としての役目をしばし休ませていただきたいのです」

「なんと……。今の待遇に不満でもあるのか？」

「いいえ。様々な面白い仕事をさせていただき、私自身の技術も向上しました。ご恩はあっても不満など一片たりともございません」

「ならば、何故だ？」

「今回作製した魔法剣ですが、あれこそ我が生涯における最高傑作です。あれ以上の物を献上することは出来ません。故に、今一度修行をやり直し、己を見つめ直したいのです」

「ふぅむ、そなたほどの男がまだ学び足りぬと申すか」

「付呪術に限らず職人の仕事は一生勉強でございます。それを痛感いたしました」

伯爵は顎《あご》を撫《な》でながらしばし考え込んだ。今回以上の魔法剣は作れないと言う。勇者に与える褒美がなくなってしまうが、今さら適当な物を渡したところで喜びはしないだろう。

思い返せばゲルハルトには無理をさせすぎていたかもしれない。

「リカルドはどうか」

声をかけると、リカルドは一歩進み出た。

「私も、この刀を使いこなすために時間が必要です。他の魔法剣を使う余裕はありません。あるいはこの刀を生涯使い続ける事になるやもしれませぬ」

「お主にそこまで言わせるか……」

付呪術師と勇者がお互いに納得している。ならばここで無理に引き止めるのはパトロンとして無粋であろう。一抹の寂しさを感じながら、伯爵はそう結論付けた。

「よかろう。ゲルハルトよ、しばし研鑽《けんさん》するがいい。だが良いものが出来上がればきっと私に見せに来てくれよ」

「閣下のご恩情に感謝いたします」

「これからしばらくはリカルドへの褒美を金銭で支払う事とする、良いな？」

「はい、ありがとうございます！」

これでゲルハルトはノルマに追われる日々から逃れ、好きなように研究に没頭出来る。自分でも驚くくらい心が軽くなった。今まで意地を張っていただけでかなりの無理をしていたようだ。

「では、これにて……」

踵《きびす》を返し退室しようとするゲルハルトたちの背に、伯爵が思い出したように声をかけた。

「あ、そうだ……」

野郎三人が一斉に振り向いた。なんとなく、嫌な予感を抱えて。

「その剣はカタナと言うのだな。私もひとつ欲しくなってきた。軽くで良いから私にも何か作ってくれないか？」

軽くでいいから、そういう依頼が一番困る。伯爵に献上する刀が適当で良いはずがないのだ。素人《しろうと》は親切心で軽くで良いと言うが、手を抜けるような所は何もない。

妖刀を作る必要は無いが、パッと見でリカルドの刀より立派であることが望ましい。また、伯爵は刀が欲しいと言ったのだから剣ではなく刀を用意せねばならない。

海外の武器を作れる職人を今から探さねばならないのだ！

たった今ゲルハルトはワガママを聞いてもらったばかりである。借りがある、恩義がある。ノーとは絶対に言えなかった。

「お、仰せのままに、閣下」

ゲルハルトは引き攣《つ》った顔でそう答えるしかなかった。

第四章　親愛なる君へ

ルッツはクラウディアに頼まれた短刀を作っていた。

ある程度の金銭的な余裕は出来たし、クラウディアが注文を取ってこなければ他の仕事もやりようがない。出来上がった刀身は短刀にしては少し長めだが、持ち歩きに不便な程でもないだろう。

クラウディアは何故、いきなり短刀が欲しいなどと言い出したのだろうか。ルッツは砥石《といし》の上で刀身を滑らせながら考えていた。

彼女に武芸の心得はない。短刀ひとつで身を守れるなどと本気で考えているわけでもあるまい。

先日、クラウディアはおねだりする時に何と言ったか。騎士団のクソどもが持っているのに、私が持っていないのはおかしい。そんなことを言っていたはずだ。

……まさか本当にただの嫉妬《しっと》から出た言葉だったのだろうか。

『私がルッツくんにとって一番大切な女だという証明をくれたまえよ。それとも騎士どものケツでも掘りたいのかねッ⁉』

脳内でクラウディアの声が再生された。いかにも言いそうではある。なんだ、そんなことか。クラウディアの意図が理解できたと同時に、砥石からスッと抵抗が抜けた。

荒砥を外して、目の細かい砥石を用意してまた研ぎにかかった。

これは良いものが出来そうだ。そんな予感があった。

「ただいまぁ……」

行商に出ていたクラウディアが三日ぶりに帰って来た。

「ルッツくん、何か食べるものを用意しておくれよ。食べたら一眠りして、その後でスケベしようや……」

クラウディアは座るというより落ちるように椅子に尻《しり》を乗せて、上半身をテーブルに預けた。

コトリ、と硬いものが置かれる音に顔を上げると、そこに黒塗りの短刀があった。

「スープを温めておく。出来るまでそれで遊んでろ」

ルッツの言葉で眠気が一気に吹き飛び、クラウディアはガバっと身を起こし黒塗りの鞘《さや》を掴《つか》んだ。

柄《つか》は木造りで鞘とぴったり合うようになっている。匕首《あいくち》、または合口と呼ばれる護身用の短刀だ。鍔《つば》が無いので嵩張《かさば》らず持ち運びにも便利である。秘匿性も高くヤクザや博徒の喧嘩《けんか》にもよく使われる刀らしい。

クラウディアはまず鞘の塗りをまじまじと見つめた。

「ルッツくんはいつも鞘を黒く塗るねえ」

「え、そうかな。あまり気にしたことはなかったな……」

声に微《かす》かな動揺があるのをクラウディアは聞き逃さなかった。にぃ、と悪戯《いたずら》を思い付いた子供のような笑みを浮かべる。

「別に黒が特別好きって訳じゃないだろう。とりあえず黒く塗っときゃそれなりに見栄えはする、みたいな感じで塗っていないかい？」

「ぬっ……」

ルッツは図星を突《つ》かれて言葉に詰まった。この男に刀身以外の芸術的センスなど皆無である。

絵師に向かって、みんな同じ方向を向いていますねと言うような暴言であった。

「……クラウディア、俺はいじめられて悦《よろこ》ぶような趣味はないぞ」

「あっはっは、そうだったねえ」

クラウディアは笑いながら匕首を持ち上げたりひっくり返したりして全体を確かめた。

「あの騎士どもを擁護するわけじゃないが、装飾の余地が残っているのは確かだねえ。見た目が良くなるだけで販売価格が二倍三倍に跳ね上がることだってあるんだ」

「そんなにか」

「芸術品に決まった価格なんかないからね。要は売り買いする当人同士が納得出来ればそれでいいのさ。見た目で凄《すご》いと思わせる、見栄えで凄いと自慢出来るっていうのは大事だよ」

ルッツはスープの入った食器とスプーンをふたつずつ並べた。教会は手掴みで食べることを奨励しているが、合理性を重視するルッツにしてみれば面倒くさいの一語に尽きる。

硬いパンを焼いて皿代わりにするのも、テーブルに窪《くぼ》みを付けてそこにスープを注ぐのも、その行為に何ら意味を見いだせなかった。城壁の中ならばともかく、教会の目の届かぬ外ならば文句も言われない。それだけは気楽であった。

「ひとつ言い訳というか、誤解を解いておきたいのだが……」

スプーンで具を探しながらルッツが言った。

「刀というのは基本的にひとりで作るようなもんじゃない。刀鍛冶《かたなかじ》、研師、白銀師《しろがねし》、鞘師、柄巻師など、分業で作り上げるものだ。俺は刀身と研ぎが出来る、鞘とか柄もそれなり……、うん、それなりに出来るだけ大したものだと思うぞ」

後半は自信なさげで、眼《め》が泳ぐルッツであった。

「君に装飾まで要求するのは酷だというのは理解したよ。それなら装飾の出来る職人を探すのもいいかもしれないねえ」

クラウディアはスープを飲み干してスプーンを匕首に持ち代えた。ちなみに早飯喰《ぐ》らいは彼女の特技であり、ルッツはまだ半分程度しか食べていない。

「それでこの短刀だが……」

「匕首だ」

「あ、うん、アイクチね。その匕首だが、黒塗りも悪くはないが金箔《きんぱく》細工で不死鳥などを描いたらもっと良くなるとは思わないかね？」

確かにそうすれば高級感は段違いだろう。宝剣と呼んで差し支えない出来になりそうだ。

「問題はそこまで手間暇かけたものを売る伝手《つて》がないってことだよな」

「それなんだよねえ……」

城壁外に住むふたりに貴族や豪商との付き合いがあるはずもなかった。どれだけ素晴らしい刀が完成しようとタンスにしまう以外に出来る事はない。

個人で細々と取引をしている分には構わないが、同業者組合《ギルド》に参加していない身で街中で店を構えて、へいらっしゃいと呼び込みをするわけにはいかないのだ。たちまち怖いお兄さんたちに囲まれて、テメェ誰《だれ》に断って商売していやがる、という話になりかねない。

前回クラウディアが騎士団に捕らえられたのは冤罪《えんざい》だが、これは言い逃れの出来ない犯罪である。パンをパン屋以外が焼いてはいけないとまで言われる世界である。他者の領分に手を突っ込むというのはそれだけで重罪であった。

ならばルッツも組合に参加すればいいのではないかという話になるが、ここにも問題が山積みであった。

まず、ルッツに身元保証人はいない。流れ者であった父の代から、由緒正しい不審人物である。そんな人間を雇う鍛冶屋は存在しない。

同業者組合制度において親方になれる人数は限られているので、いきなり街へ行って今日から鍛冶場を開きましたというわけにはいかない。鍛冶をやりたければまず他の鍛冶屋に弟子入りする必要があるのだ。そこで三年から五年は下働きと修行をして、ようやく雇われの職人という形になる。

諸国を旅して鍛冶を学んだ父からその全《すべ》てを伝授されたルッツにとっては今さらな話であるが、ここで重視されるのは勤続年数であり技術ではない。

極端な話であるが、たとえば親方として腕を振るっていた者が戦火に追われ他の街で鍛冶をやろうとすれば、また徒弟からのやり直しである。その土地の親方との関係が良好ならばある程度の仕事を任せてもらえるかもしれないが、立場が悪いことに変わりはない。

ルッツがそんな枠組みに入れば刀などという怪しげなものを作らせてもらえるはずもなく、数十年かけて親方の地位まで上り詰めた頃《ころ》には刀鍛冶としての技術など錆《さ》び付《つ》いているだろう。

父に伝えられた技術こそ至高と信じるルッツには耐え難い話であった。

「ま、そう気に病む事でもない。きっと街のどこかで刀が欲しくてたまらん奴《やつ》は出てくるさ」

「そうかな……？」

「手放した妖刀、ばら蒔《ま》いた短刀の噂《うわさ》はじわじわと広まっていくはずだよ。その時こそ名工ルッツ様の出番というわけだねえ」

クラウディアはどういうつもりで言っているのだろうか。ルッツを慰めるためか、あるいは本気でそう信じているのか。わからないが、クラウディアと一緒ならばなんとかなるだろうという気がして、その言葉を素直に受け取る事にした。

「そろそろこいつのご開帳といこうじゃないか」

ルッツがスープを食べ終わるのを見計らって、クラウディアは匕首を掴み上げた。

「さてさて、ルッツくんの愛の形はどんなかな……？」

「よしてくれ。出来が悪かったらまるで俺が愛していないみたいじゃないか」

「おや、出来が悪いのかい？」

「最高だとも」

「ふふん、ならばいいじゃないか」

鞘から引き抜かれ、現れた刀身は細身だが力強さを感じさせた。短刀にしては少々長いようにも思える。

「ほう、これは……」

クラウディアは匕首を様々な角度から見たり、軽く振ってみた。その度に唸《うな》ったり頷《うなず》いたりする。

「気に入ってくれたか？」

「たとえば死神が目の前にいたら、鎌を差し出してこう言うだろうね。交換してくれって」

「そんな機会があっても断ってくれ。匕首持って追いかけてくる死神とか、絵ヅラ的に最悪だ。怖すぎる」

「私も大鎌を持って行商には出られないからねえ。仕方がないからこいつを持ち歩くことにするよ」

笑いながらもクラウディアは匕首から目を離せずにいた。白銀の刀身に映る自分の顔が、別人に思えるほどに鋭い眼をしていた。

「刃渡りが少し長めなのは何故《なぜ》なんだい？」

「胸に対して垂直に突き立てれば、確実に心臓を破壊出来る長さだ」

「うん、なんというか、随分と物騒な答えにドン引きだよ」

「護身用だから小さくてもいい、というのは間違いだ。護身用なればこそ凶悪でなければならない。私に手を出せば殺す、賊が何人いようが最初にかかってきたひとりは確実に殺すという圧力をかける為《ため》にな」

「面倒くさい奴だと思わせるのだね。実際はそこから通行料くらいは払って、ある程度の納得はさせる形になるだろうけど」

「余計だったか？」

「いや、主導権を握《は》っていられるというのは大事さ」

クラウディアは刃を己に向けてみた。ドクン、と心臓が一度大きく跳ねた。これは死を想《おも》わせる刃だ。自分に向けただけでもこうなのに、殺気を持って向けられたらどうなってしまうのだろう。

賊と交渉する時の手札が増えた。それだけは確かだ。それはルッツがクラウディアの為にと想い、与えてくれた選択肢である。

「プレゼントにしては色気に欠けるが、もらっておいてあげようじゃないか」

憎まれ口を叩《たた》きながらもよほど気に入ったのか、クラウディアはどこへ行くにも匕首を肌身離さず持ち歩くようになった。

家の中でも腰に差し、ベッドにまで持ち込もうとするのをルッツは必死に止めたものである。


ゲルハルトとジョセルは無言で付呪《ふじゅ》術《じゅつ》工房へ戻って来た。ちなみにリカルドは巻き込まれてはかなわぬと既に逃亡済みである。

「なあ、ジョセルよ……」

「無理です」

ジョセルは師の言葉を遮るように言った。ゲルハルトが何を望んでいるかはわかっている。刀をもう一本手に入れてくれ、という事だろう。前回妖刀を手に入れたのはあくまで偶然である。やや強引に取り上げはしたが、向こうから寄ってきたようなものだ。

ジョセルに探索の才能があるわけではないし、本人もそれを自覚している。

「お師様は刀を一本所有していると言われましたが、それを使う訳にはいかないのですか？」

「別に出し惜しみをしている訳ではないが……」

ゲルハルトは面倒臭そうに立ち上がり、コレクション棚から刀を取ってジョセルに渡した。

拝見します、と口にしてからジョセルは刀を抜いた。

片刃である。刃紋が浮かんでいる。鍔があり柄がある。間違いなくこれは刀だが、全体的に安っぽい印象だ。あの妖刀に比べれば玩具《おもちゃ》としか思えない。

「行商から物珍しさで買っただけの駄作だ。こんなものを伯爵に献上するわけにはいくまい」

「それは、確かに……」

ジョセルもゲルハルト程ではないが鑑定眼がある。これは鋳造の量産品に一応の焼き入れをしただけのものだ。刀の形をした鉄の棒でしかない。

「おお、そうだ。お主には妖刀を探し出してもらった礼をしていなかったな」

急に優しげな声を出すゲルハルト。ジョセルとしては嫌な予感しかしなかった。

「偶然見つけただけであって、探し出したというほどでは……」

「ま、よいから受け取ってくれ」

ゲルハルトはテーブルに金貨を並べ、ジョセルの眼は釘付《くぎづ》けになった。金貨二十枚、ジョセルの年収とほぼ同額である。その動揺をゲルハルトに見透かされてしまった。

「奥さん、ふたり目だってなあ？」

言いながらゲルハルトは腹の前で弧を描いてみせた。

高位騎士と言えども生活は苦しい。金はあったらあるだけ良いのだ。ジョセルが付呪術を学んでいるのも、息子に家督を譲った後で何か仕事が出来ればと考えたからであった。

もしもふたり目も男の子だったらどうするのか、騎士団と呼ぶのも汚《けが》らわしい掃《は》き溜《だ》めに押し込むのか。冗談ではない。出来れば他のまともな騎士の家に婿養子として入れるか、あるいは新たに家を興させたい。彼は妻と息子を愛していた。新しく生まれる命にも、きっと同じように愛情を注ぐことだろう。

目の前に並べられた金貨はジョセルにとって未来への架け橋であった。

「刀か、あの刀を打った刀匠を探しだしてくれたら金貨十枚。さらに刀匠と友好関係を結べたらもう金貨二十枚出そうじゃないか」

「にじゅうまい……」

声が掠《かす》れてしまった。それだけあれば、没落した男爵家である妻の実家にも仕送りしてやれる。家格の下がる家に嫁いだことで妻には苦労をかけてきた。愛する者に報いてやれるのならば、多少の無理難題が何だというのだ。

ジョセルはしばし考えた後で言った。

「……詰め所に行って話を聞いてきます。捕らわれていた女、刀を放り投げた男を辿《たど》っていけば何か掴《つか》めるかもしれません」

前回行った時は、何だそりゃとしか思わず深く追及はしなかった。それが今になって悔やまれる。あの鶏頭《とりあたま》どもがまだ覚えていればいいのだが。

「確実に捕まえられるとは言えません。糸が途切れた場合、いかがなさいますか？」

「その時はいつものボルビス工房に刀を渡して、これと同じ物を作れと命じるしかなかろう」

「……出来ますか？」

「出来るわきゃねぇだろ。でもやるんだよ。刀身はピカピカに磨いて、鞘《さや》も柄《つか》もゴテゴテ装飾すればそれなりのものが出来上がるだろうよ。親方の地位にしがみつくしか能のない馬鹿でもそれくらいはやってもらわねばな」

吐き捨てるように言ってからゲルハルトは煤《すす》で汚れた天井を見上げた。

「わしはあのお人好《ひとよ》し伯爵が嫌いではない。出来れば騙《だま》すような真似《まね》はしたくないものだな……」

同感です、とジョセルは深く頷いた。

騎士団の詰め所内はなんとなくふたつのグループが出来上がっていた。

ルッツ作の短刀を持つ者と、持たない者だ。

自然と持つ者だけで集まるようになり、他者に対して優越感を抱くようになっていた。騎士たる者、何をおいてもまず武具には金をかけねばならない、と。サブウェポンこそ立派だが肝心の長剣が錆びたり欠けたりしているのであまり説得力は無い。

こうなると持たない者たちは居心地《いごこち》が悪くなり、特にクレームを付けた挙げ句に買いそびれた男など完全にただの馬鹿扱いであった。

「武器が立派でも腕が伴わなくてはなあ」

苛立《いらだ》ち紛れに言うが、短刀組から返ってきたのは侮蔑《ぶべつ》の冷笑であった。

「おやおや、お口だけは達者なようだ。次の賊討伐は口だけでやったらどうだ？」

短刀組が男を指差しゲラゲラと笑い出した。組織内での口喧嘩《くちげんか》というのは正しいとか弁が立つとかではなく、人数によって押しきられるパターンが多い。

男を擁護する者は誰も居なかった。武器自慢にも、それを見ていちいち苛立っている男にもうんざりしていたのだ。

「口だけかどうか試してみるか……？」

男が剣の柄に手をかけた。それを見て短刀組の五人も一斉に立ち上がった。

「室内で長剣を振り回すつもりか、馬鹿が」

五人が半円形に取り囲む。圧倒的に不利だが、ここで謝れるような男であればそもそもルッツにケチを付けたりはしない。思い切り暴れまわってやると余計な覚悟を決めていた。

一触即発の空気が漂うなか、バンと大きな音を立ててドアが開かれた。ここにいる誰《だれ》よりも不機嫌な顔をした男が立っていた。騎士たちにとって上官にあたる高位騎士、ジョセルであった。

「いいなお前ら、暇そうで」

ジョセルが睨《にら》み付けると、今まで死ぬの殺すのと騒いでいた騎士たちが大人しくなった。

「今日はお前らに聞きたいことがあって……」

そこまで言ってから騎士の持つ短刀に気が付いた。鞘も柄もこの国の拵《こしら》えではない。

「なんだその剣は、見せてみろ」

「あの、これはちゃんと金を出して買ったもので……」

「別に取り上げたりはせん、見るだけだ」

渋々といった感じで差し出される短刀を奪い取り白刃を抜いた。

美しい刀身であった。あの妖刀のように心を乱して来るようなものではないが、同じ刀匠の作ではないかという疑問が湧《わ》いてきた。会心の作ではあるまい。だが、丁寧に作ってある。ジョセル個人としては妖刀よりもこちらの方が好みであった。

「これをどこで手に入れた？」

短刀を返しながら聞くと、

「あの女が注文を取りに来まして。刀と同じ作者の物が欲しくはないか、と」

何故そんなことを聞くのかと騎士は怪訝《けげん》な顔をしていたが、ジョセルにとっては価千金の情報であった。

これだ、この話が聞きたかった。刀匠は現代に生きている。そして恐らくツァンダー伯爵領内に住んでいる。刀匠と繋《つな》がりのある女商人がいる。

刀を手に入れることが現実的になってきた。金貨三十枚が手の届く距離にあった。

妻よ息子よ、まだ見ぬ我が子よ、パパは今日も頑張っているぞ。ジョセルは口元がにやけてしまうのを手で覆って隠した。

「それでしばらくして、商人の女が鍛冶屋《かじや》らしき男を連れて短剣を納めに来まして……」

「うむ、いいぞ。それでふたりの名は何と言うのだ。何処《どこ》に住んでいる？」

沈黙。しばし微妙な空気が流れた。

「……おい、まさか覚えていないのか」

つい先ほどまでの浮かれた空気がスッと消え去った。

「はあ、その……、男は二度とも勝手に押し掛けてきたので名前はわからず。女は、何だったかな？」

騎士たちが顔を見合わせるが、答えを出す者は誰もいなかった。

冤罪《えんざい》で捕まえて、その後取引もして、それで誰も名前を覚えていないとはあまりにもいい加減に過ぎる。騎士団など潰《つぶ》して犬小屋にでもした方がよほど役に立ちそうだ。

人の愚かさ、馬鹿さ加減に限界はないのだと思い知らされた。

さっさと思い出せとジョセルが睨み付けると、騎士たちはますます萎縮《いしゅく》して頭が回らなくなった。

「クル……、クレ……、クローディア？」

「いや確か、クラ……、クラリッサだったか？」

「それで間違いないなッ⁉」

ここでひとつジョセルはミスを犯した。鬼上官が語気を強めて詰め寄った為に騎士たちは違ったかもしれないとか、もう少し時間を下さいとは言えなくなってしまったのだ。

過剰な厳しさはミスを誘発する要因にしかならない。

「は、はい。間違いありません！」

「よし。それで住所はわからんのか」

「以前住んでいた所ならわかりますが、財産を没収してしまったので引っ越してしまったかと……」

「どこに居るかはわからん、と」

「あ、いえ、財産没収と言っても大した金にはなりませんでしたよ。馬とか売り物らしき古着とか、かき集めても金貨十枚に届かないっていうか……」

「だから何だ⁉」

大した金にならなかったから大した罪ではないとでも言いたいのか。今問い詰めているのはそんな事ではない。

その後、ジョセルは苛立ちを抑えながら男と女の特徴を聞き出してから詰め所を出た。

一度振り返り、たまには巡回警備くらいしろと言おうとしたがそれは止《や》めておいた。不良騎士どもにうろつかれたって市民たちが迷惑するだけだ。

城へ戻る前にいくつかの商家を回りクラリッサという女について聞いてみたが、誰もが首を傾《かし》げるばかりで何の収穫もなかった。

彼は心中で妻子に詫《わ》びながら、師の待つ工房へ足取り重く戻って行った。

ジョセルの意気消沈しながらの報告をゲルハルトは楽しげに聞いていた。

「お主は何暗い顔をしておるか。そこまで来れば見つけたも同然であろう」

「は、しかし商家の者どもは知らぬと……」

この弟子は騎士としての視点しか持っていないなと、少々呆《あき》れながらゲルハルトは説明を続けた。

「まずクラリッサと言う名だが間違いの可能性が高い。騎士団の馬鹿どもにまともな記憶力を期待するだけ無駄だ、無駄」

「は……」

非常に不本意だがジョセルにも彼らに対する監督責任がある。そうですねとは言えず言葉を濁すしかなかった。

「それと恐らくは城壁の外で活動しており、店を構えている訳ではあるまい。ならば商家の連中が知らぬのも当然だ」

むう、とジョセルは唸《うな》った。確かにそれなりの店構えの商人にしか声をかけていない。そういうところがゲルハルトから視野が狭いと言われる原因だ。幅広く情報を集めるならば行商人などにも聞くべきだったが、その発想すらなかった。

「鍛冶屋らしき男は二十歳前後に見えたそうだな。やはりその男も城壁の外に住んでいるのだろう」

「年齢と何か関係があるのですか?」

「同業者組合制度の習慣で鍛冶屋に弟子入りしてから数年は下働きだ。二十歳なら職人として簡単な仕事ならば任せられるといったところか。親方になるなど論外だ。しかしその男は好きなように刀を打っておる。ならば組合とは関係のない外に居ると考えるのが妥当だろう」

「若くしてそれほどの技術を身に付けることは可能なのでしょうか？」

「本人の筋の良《よ》し悪《あ》しもあるだろうが、幼い頃《ころ》よりマンツーマンで鍛冶の英才教育を受けていれば、あるいは」

そういうものなのだろうかとジョセルはいまいち腑《ふ》に落《お》ちない顔をしていた。城壁の外に、中よりも優れた人間が存在しているという事が理解できなかった。

人口の九割が農奴と言われる世界であり、城壁内よりも外に住む人間の方がずっと多いのだ。当然、彼らを相手にする商人や職人も大勢いる。

だがそんな工房の設備などは全《すべ》て寄せ集めであり、城塞《じょうさい》都市の鍛冶場のように整っているはずがない。それが彼にとっての常識であった。

同業者組合制度にも問題は多くあるだろうが、外は外で昨日今日に金槌《かなづち》を握った人間が鍛冶師を自称するような無法地帯であった。

「ふむ、そこまでわかれば話は早い。後はわしが外で聞き込みをしよう」

「お師様自らですか？　そのような些事《さじ》は私にお任せ下さい。お師様の手を煩わせる程の事ではございません」

「ダメだ。お主はどうも外の人間を下に見る悪癖がある。特に今回は鍛冶師どのに不快感を抱かせては全てが台無しだ。伯爵家預かりという名を出せば黙って従うはずだ、などと考えてはおらなんだか？」

「それは……」

ジョセルは答えることが出来なかった。

そんなことはないと否定したいのではなく、秩序とはそうあるべきで野良《のら》鍛冶屋風情が逆らうなど言語道断と考えていたのだが、師が求めているのはそういった事ではないようだ。

「ならばせめて、護衛として同行をお許し下さい。決して口出しはいたしませぬ」

「護衛?」

ジョセルに感情のない眼《め》が向けられた。ゲルハルトの顔からいつもの穏やかな老人という雰囲気が剝《は》がれ落ち、凄惨《せいさん》な気を漂わせていた。夏に入ったばかりだというのに、ジョセルの背に寒気が走った。

忘れていた。特殊な形ではあるが師は人生を剣に捧《ささ》げてきた男なのだと。

「いえ、失礼いたしました……」

もうこうなっては無理に付いて行くとは言えなかった。そんな気力も無謀さも持ち合わせてはいない。

ゲルハルトはいつもの弛《ゆる》い雰囲気を取り戻し、にこりと笑ってみせた。

「うむ。まだ鍛冶師どのを見つけたわけではないが、これを渡しておこう」

そう言ってゲルハルトは金貨十枚を差し出した。

「お師様……」

「しばらくは家族と共にいてやるがよい。鍛冶師どのを見つけ出したら忙しくなるかもしれぬでな」

ジョセルは素早く金貨を懐に納めると、深々と頭を下げた。

それは師に対する感謝の気持ちであり、鍛冶屋を見つけ出して欲しいという願いであり、臨時収入によるだらしないニヤケ顔を隠すためでもあった。

ゲルハルトはジョセルの心情を全て見透かしていたが、微笑《ほほえ》むだけで何も言わなかった。ジョセルは金が好きと言うより、そのお金を使って家族を喜ばせるのが好きなのだという事をよく知っていた。


翌日、ゲルハルトは薄茶色の地味な服に着替えてロバ一頭だけを連れて城塞都市を出た。傍目《はため》には商家のご隠居が気楽に旅をしているようにしか見えないだろう。

門番がゲルハルトに気付き声をかけようとしたが、ゲルハルトは唇に指先を当てて微笑んでみせた。

「は、はぁ……」

この老人はまた何か悪戯《いたずら》心を起こしたらしいと、門番は何も見なかった事にした。少なくとも被害を被るのは自分ではない。

ゲルハルトは別に誰かを陥れようとしている訳ではない。ただ純粋にこの旅を楽しんでいた。出来れば愛弟子《まなでし》にも世界は城壁の中だけではないと知って欲しいのだが、生まれ育った環境が違えばなかなか難しいようだ。

まずは農村へ行き銅貨を握らせて、ここらに腕の良い鍛冶屋はいないかと聞くが彼らは役立つ情報を持っていなかった。

城塞都市に住んでいるなら同業者組合に加入している鍛冶屋に頼んだ方がいいよと至極まっとうなことを言われてしまい、これにはゲルハルトも苦笑いを浮かべるしか出来なかった。

まあ、そうだよなとしか言い様がない。

次の農村に行く。収穫はなし。

漁村に行く。彼らは銛《もり》や釣り針をモグリの鍛冶屋に頼むことはあるが、腕が良いかと言われると首を捻《ひね》ってしまうのだった。

山賊まがいの傭兵《ようへい》団を訪ねるがここも無駄であった。彼らは武器など戦場で拾うか商人を脅して奪い取ればいいと考えており、ろくに手入れすらしていなかった。

またいくつかの農村を回り、次に木こりの集落へとたどり着いた。

男たちは仕事に出ていたので井戸端会議をしていた女たちに話しかけた。

見かけぬ顔の老人に警戒心を抱いていたようだが、店の余り物ですがと言って小切れを配るとたちまち口が軽くなった。

ちなみに小切れとは裁断した布の半端や余りである。小さいとはいえ真新しい布は女たちに喜ばれたし、不審に思われるほど高価な物でもない。

服屋のご隠居、と向こうは勝手に思ってくれたようだ。

ここらに腕の良い鍛冶屋はいないかと尋ねると、やはり知らないようだった。

お土産《みやげ》をもらっておきながら何も知らないというのでは申し訳ないと思ったか、年増《としま》の女が思い出すように言った。

「そういえば、うちの旦那《だんな》は最近買った斧《おの》をすごく気に入っていたわね……」

すると私も、こっちも、と声が続いた。どうやら集落でまとめ買いをしたらしい。

「その、斧を売った商人を教えていただけませんか⁉」

ゲルハルトは身を乗り出して聞いた。少し興奮しているようだという自覚もあったが抑えきれなかった。

「私たちが取引したわけじゃないからねえ……」

「恐らく、クラリッサとかそういった名前ではないかと思うのですが」

「ううん、聞いたことないわ……」

「良い尻《しり》をした女の行商人だとか」

ダメかと諦《あきら》めかけた時、ひとりの女がぽんと手を叩《たた》いてから笑い出した。

「やだなあお爺《じい》ちゃん、それクラリッサじゃなくて、クラウディアじゃないの！」

周りの女たちも、なあんだと言いながら笑っていた。

「おお、そうでしたかな。いやあ年を取ると物忘れが酷《ひど》くなって、お若い皆さんにはかないませんなあ」

ドッと笑いが起こる。

ゲルハルトは心の中でグッと拳《こぶし》を握った。ようやく謎の鍛冶屋の尻尾《しっぽ》を掴《つか》んだ。女たちはゲルハルトに心を開いたようで、まだまだ情報を引き出せそうだ。

住所はわからないが、月に一度は斧の販売や修繕の注文を取るためにこの集落へ顔を出すらしい。

「それでね、クラウディアさんってば最近いい男を捕まえたらしいのよ」

「へえ、あのお尻を毎晩好きにしている男がいるっていうのね。あたしなんかもう、お尻が垂れちゃって……」

「旦那が毎晩むしゃぶりついているのは変わらないでしょう？」

またしても大爆笑であった。こうした時、男は女の笑いのセンスに付いていけず気まずい思いをすることになる。

最近くっついたクラウディアの恋人、あるいは夫が探し求めている刀匠ではないか。新しい情報が手に入った。こうした人間関係を予《あらかじ》め知っておくのは大事な事だ。

それはそれとして早く帰りたくなってきたゲルハルトであった。

結局、抜け出すタイミングがわからず無駄話に一時間も付き合わされた。後半などもはや鍛冶《かじ》とは何の関係もなく、次にクラウディアが来そうな日を教えてもらってから帰路に就くゲルハルトの顔は疲労でげっそりと痩《や》せていた。

「女は、怖いな……」

この旅の中で一番の強敵であった。


ゲルハルトが木こりの集落を訪れてから二週間後、クラウディアたちがやって来た。陽気な顔のロバと陰気な顔の鍛冶屋を連れている。

財産を没収される前は馬と馬車を所有していたのだが、商売の規模を縮小した今となってはロバの方が丁度いいということで購《あがな》ったのだ。ロバは馬ほどの社交性は無く身体《からだ》も一回り小さいが、その分だけ食べる量は少なく飼育も楽である。

何よりルッツが一目見るなり、

「可愛《かわい》い……」

などと言い出してロバのために小屋まで作ってしまった。すっかりお気に入りである。

集会所と名付けられた広場、丸太を椅子代わりに座る男たちにクラウディアは話しかけた。

「毎度、鍛冶のご用はありませんか。今日はですねえ、なんとなんと、鍛冶屋ごと持ってきたのでこの場で研ぎが出来ちゃうんですねえ！」

年嵩《としかさ》の男が代表するように無精髭《ぶしょうひげ》を撫《な》でながら聞いた。

「ほう、つまりしばらく預ける必要はないわけかい」

男は物珍しそうにルッツを眺め、ルッツは無言で会釈した。今回こそルッツはクラウディアの手伝いに専念するつもりである。

「はい、それはもういつもニコニコ現金払い！　この場で、即日即行！　皆さんの商売道具をぴっかぴかにして差し上げますよ！」

するとひとりの木こりが感心したと言うより面白がっているような顔をして、

「ちょっと待ってろ」

と言って立ち上がり、家から斧を持って戻って来た。

「兄さん、こいつは研げるかい？」

酷《ひど》い斧であった。刃はぼろぼろで錆《さ》びも浮いている。これでは木を伐《き》るどころではなく、鳥を脅かすくらいにしか使えないだろう。

ルッツは斧を受け取り、全体を舐《な》めるようにじっくり見て確かめた。

「錆《さび》は表面だけですね。中まで腐っちゃいない。こいつをピカピカに磨いて銅貨五十枚でいかがですか」

「金は後払いでいいな？」

出来が悪ければ金は払わんぞと挑戦的に言われて、ルッツの闘志にも火が着いた。テメェの間抜けヅラが映るくらいに磨いてやる、と。

まずロバの背から研ぎ道具を下ろし、足踏みペダルで回転させる砥石《といし》を組み立てた。道具箱に座り、円形の砥石を回転させて刃を当てる。

チュイィンと甲高い音がして激しく火花が散った。

おお、とギャラリーから歓声が上がる。

この砥石は熱を持つ上に細かい作業には不向きだが、まず大雑把に刃こぼれを整えたい時にはピッタリの道具だ。

刃こぼれを直すということは、凹《へこ》みの部分まで刀身を削るということだ。これが刀ならば何度も研いでいるうちに針のように細くなってしまうだろうが、斧はその大ぶりな形状からちょっとやそっと削ったところでどうという事はない。

存分に火花を散らした後で刃を確かめる。先は綺麗《きれい》に揃《そろ》い、錆びも取れた。次に荒砥を取り出し水で濡《ぬ》らした。

ギャラリーがまだじっと見つめていて、少々やりづらい。

「あの、ここから先はものすごく地味でつまらないですよ。火花も散ったりしませんし」

「ま、いいからいいから」

と言って去ろうとしなかった。どうやらこの研ぎが上手《うま》くいったら自分も頼もうか、などと考えているようだ。

木こりにとって道具の良し悪しは作業効率に直結するので出来るだけ良い物を使いたい。先の丸くなった斧で木を伐ろうとしたところで無駄な力を使うだけである。

一方でさほど高給取りでもないので整備にあまり金を使いたくもない。研ぐならば出来る限り腕の良い鍛冶屋に預けたいと思うのは当然の流れであった。

気が散るから見ないでくれ、などと言える雰囲気ではなくなってしまった。そもそも出張研ぎに来ている時点で見られながら作業するのは仕方のない事だ。

一対一ではない、これは木こりと鍛冶屋の戦争だ。ルッツは覚悟を決めて斧を砥石の上で前後に滑らせた。

抵抗が抜けるまで擦《こす》り、目の細かい砥石に替えてまた擦る。それを何度か繰り返すうちに視線は気にならなくなり、周囲の音は何も聞こえなくなった。

ルッツ、斧、砥石。世界はこの三つだけで構成されていた。

やがて手が自然にピタリと止まった。同時に世界に音と景色《けしき》が戻ってきた。よほど集中していたようだ。

やはり見ている方は退屈だったか、気が付けばギャラリーは半分程に減っていた。

「どうぞ、ご覧下さい」

ルッツは依頼者に斧を渡してじっと睨《にら》んでいた。もしもケチを付けてきたら何が悪かったのか事細かく説明してもらおうじゃないか。あるいは俺より腕が良くて安く仕上げる鍛冶屋の名を言ってみろ。そんな警戒心は全くの無駄であった。依頼者は斧を見て手放しで喜んでいた。

「こいつは凄《す》げえ、納屋の隅に転がっていた斧がまるで伝説の武器だ！」

さすがにそれは褒めすぎだろうと思ったが、悪い気はしない。依頼者は誤魔化《ごまか》すことなくすんなりと銅貨五十枚を払ってくれた。

どうも前回、騎士団の馬鹿にケチをつけられたことがよほど頭に来ていたらしい。客を疑いすぎてしまったと反省するルッツであった。

「さあ、他に研いで欲しい物はありますか？」

手を開き、握りを繰り返しまだやれることを確認しながら顔を上げると、そこには大量の斧を持ち運ぶ木こりたちがいた。包丁や鋏《はさみ》を持って来る女もいた。

斧だけでも軽く見積もって二十本はあるだろう。木こりたちにとって斧は消耗品に近い。倉庫に転がっている斧ならばいくらでもあった。

これから増える事はあっても、減る事はないだろう。

「く、クラウディアさん……？」

最後の望みを託してビジネスパートナーに視線を送るが、彼女は残酷で魅力的な笑みを浮かべるばかりであった。

「お得意様は大事にしないとねえ」

今まで研ぎの仕事はあまりなかった。斧を預けてしばらく待たねばならないというのは客としては面倒であったし、クラウディアにも輸送の手間がかかった。

今回の出張研ぎは大成功である。ただの取引相手でしかなかった頃《ころ》はルッツを気軽に連れ出すことは出来なかった。運命共同体となった今だからこその商売方法である。

武器作製の依頼は美味《おい》しい仕事だがいつ来るかわからない。木こりの集落という需要の途切れぬお得意様を確保しておく事は鍛冶屋にとっての生命線である。

そんな事を丁寧に説明され、反論の余地が一ミリたりともないルッツは従うしかなかった。

結局、注文は増え続け三日間泊まり込みで研ぎ続ける事になり、精根尽き果てた三日目の昼にクラウディアたちを訪ねて奇妙な客が現れた。


「お客さん、ですか……？」

ロバに水を飲ませていたクラウディアに、木こりの女房が声をかけてきた。

「そう、二週間くらい前にも来たお爺さん。いいお尻をした女商人を探しているっていうからクラウディアさんの事で間違いないと思うのだけど」

「私、顔より尻が有名になっていますねえ……」

商人にとって人脈作りは大切だ。こんな所まで探しに来たというのであれば会わない訳にはいくまい。指定された広場に行くとそこには斧を研ぎ続けるルッツと、それを興味深く眺める老人の姿があった。

商家のご隠居といった穏やかな雰囲気の老人はクラウディアの姿に気付くと深々と頭を下げた。

「商人のクラウディアさん、ですな？」

「はい。お会いするのは初めてですよね」

「申し遅れました、わしはツァンダー伯爵家専属の付呪術師《ふじゅじゅつし》、ゲルハルトです」

「……はい、はい？」

貴族、伯爵家お抱え、超一流付呪術師。まるで縁のない、別世界の人間が現れクラウディアの思考はしばし停止した。

「実は先日、騎士団の詰め所に奇妙な剣が持ち込まれましてな……」

ピクリ、とクラウディアの頬が動いたのをゲルハルトは見逃さなかった。

「いや、正しくは剣ではなかったかな……？」

「刀ですね」

どこまで知っているのか、互いに探り合うように話を続けた。

「そう、刀だ。見る者全《すべ》てを魅了する妖刀だ。残念ながらあれは伯爵に献上し、また別の者の手に渡ってしまったが、わしも欲しくなりましてなあ」

「それで私を探していたと？」

「クラウディアさんが腕の良い鍛冶屋を抱えていると聞きまして」

ふたりの視線がルッツに向けられた。

この老人はある程度の事は把握しているらしい。面倒事の予感がするが、今さら言い逃れは出来ないだろう。いや、これこそ待ち望んでいた展開ではなかったか。野に放った妖刀が巡り巡って運んできた縁だ。

「ルッツくん、ご指名だってさ」

クラウディアが観念したように言うと、ルッツは生気の無い声で答えた。

「待ってくれ、もう少しで研ぎ上がる」

「おいおい、こちらは貴族様だよ？」

「俺は今、お客様の相手をしているんだ」

クラウディアはゲルハルトに向けて肩をすくめてみせた。すいませんね、こんな奴《やつ》で。そんな意味である。

ゲルハルトとしては若造が突っ張りやがってと不快感を抱かぬでもなかったが、同時に職人とはそうあるべきだとも考え口を挟まなかった。

この時ルッツは職人の意地を張っていた訳ではない。研ぎは中断したところで何か不都合がある訳でもなく、精々モチベーションが途切れるくらいだ。

ルッツは落ち着く時間が欲しかった。

……何で貴族？　付呪術師？　ナンデ？

パトロンが現れるのを待ち望んでいたとはいえ、あまりにも唐突に過ぎる。

斧《おの》は新品を凌駕《りょうが》する仕上がりであった。時間稼ぎはおしまいだ。丁寧に水気を拭《ぬぐ》い、斧を置いてゲルハルトに向き直った。

「お待たせいたしました。刀鍛冶、ルッツと申します」

「お目にかかれて光栄です鍛冶師どの。今日は仕事の依頼をしたく押しかけさせていただきました」

「刀を作って欲しいと」

「いかにも。その前にいくつかお聞きしたいのですが、騎士団に渡った刀を打ったのはルッツどので間違いありませんか」

「事実です。俺が打ち、手放しました」

「失礼ですがルッツどのの佩刀《はいとう》を見せていただけませんかな？」

「ふむ、つまり……」

ルッツは考えると言うよりも言葉を整理してから答えた。

「こいつは自分で打ったと騙《かた》っているだけかもしれない。持ち歩いている刀がマシなものなら多少は信じられるだろう、という事ですか」

「有り体に言えばそうですね」

ゲルハルトは苦笑いを浮かべた。どうもルッツは人間関係においてすぐに答えを出したがるせっかちな男のようだ。

短刀の売り買いで騎士ともめたと聞くが、恐らくは売り言葉に買い言葉といった流れだったのだろう。また、そんな男でなければ女を救うために値段の付けられぬ宝刀を放り出すような真似《まね》は出来まい。

実際あの時ルッツはクラウディアに対する好意と、騎士団の横暴に対する怒り、そしてその場の勢いで行動していた。

「今使っている刀は折れても壊れても惜しくないというか、それほど良い物ではないのです……」

苦い物でも口に含んだような顔で答えるルッツ。

こいつもダメかとゲルハルトの眼《め》に失望の色が浮かんだ時、横から黒塗りの匕首《あいくち》がスッと差し出された。

「ご覧下さい。刀匠ルッツ、渾身《こんしん》の作でございます」

クラウディアはルッツが侮られていることが不快であった。また、ゲルハルトが一方的に査定する立場のようになっていることも気にくわなかった。

こちらもお前を試してやろう、この刀の良さがわからぬようでは大した目利きではない。そう考えて己の懐刀を出したのだった。

「むう、これは……ッ！」

刀身を抜いたゲルハルトの眼が驚愕《きょうがく》に見開かれた。その反応を見てクラウディアもご満悦である。

「心臓を貫いて殺す、ただそれだけを求めた究極の機能美！　見ているだけで寒気がするわい。それでいて、どこか……」

ゲルハルトは迷っていた。わからない、こんな事を口にしていいものかと。ただの勘違いでは恥さらしだ。

「どうぞ仰《おっしゃ》ってください」

と、クラウディアは先を促した。ここまで言われて黙られては気になってしまう。

「どこか、優しさのようなものを感じる。苦しませずに殺すことが慈悲だというのとも違う。ううむ、わからん……」

ゲルハルトは匕首を様々な角度から見ながら悩む。

ルッツの愛情が詰まっているのだと知っているクラウディアは薄笑いを浮かべていた。そしてゲルハルトに感心もしていた。刀に込められた微妙な感情すら読み取るとはただ者ではない。

「茎《なかご》を拝見してもよろしいだろうか？」

「はい、ご存分に」

「あ、ちょっと待った……」

テンションを上げるふたりに対して、何故《なぜ》かルッツだけが乗り気ではなかった。

「見たって別に面白いものじゃないぞ」

「何だいルッツくん、まさかまた銘を入れ忘れた訳ではあるまいね⁉」

「何も入れていないって訳じゃないが……」

「ならばいいじゃないか。ゲルハルトさんは大仕事を依頼する前に作者がルッツくんだと知りたいと仰っているわけだよ。素晴らしい匕首を見せた、その作者がルッツくんだとハッキリさせておいた方がお互いスッキリするだろう？」

「ええと、ほら、あれだ。目釘《めくぎ》抜きを持ってきてないし……」

目釘抜きとは、刀身と柄《つか》を繋《つな》げる留め具である目釘を外すための道具である。慣れた者ならばこれがなくとも外せる、あくまで補助器具であった。

そして往生際の悪いルッツには不運なことだが、ゲルハルトは手慣れていた。目釘を爪先で押し込み、柄を軽く叩《たた》いて目釘を抜いて、既に柄と刀身に分解していた。

ゲルハルトは茎を確かめ、クラウディアは肩越しに覗《のぞ》き込む。そこにルッツの名はなかった。

『DEAR　YOU』

刻まれた文字はそれだけであった。

クラウディアは声を上げて笑い出した。ゲルハルトも腹を抱えている。恥と後悔でルッツは顔を真《ま》っ赤《か》に染めて俯《うつむ》いていた。

「おいおいおいおい、前から思っていたがルッツくんは私の事が好き過ぎるだろう！」

「思い付いた時はなんか、良いアイデアだと思っちゃったんだよ……」

「良いとも、最高だ。私も愛しているよルッツくん」

「そりゃどうも」

DEAR YOU

笑いを堪《こら》えながらゲルハルトが匕首を組み立てクラウディアに渡した。

「良い物を見せていただいた。これは貴女《あなた》の刀だ、売って欲しいとは言えなくなってしまった」

「新しい物を作るしかありませんね。彼も嫌とは言えないでしょう」

お互いを探り合うような雰囲気は霧散し、意気投合するふたりであった。

「さてルッツどの。わしの依頼を聞いてもらえるかな」

「申し訳ありませんが研ぎの仕事がまだまだ残っています。場所をお教えしますので後日、俺の工房に来ていただけませんか」

「金貨数百枚単位の仕事だとしても、優先出来ませぬか」

「金額で優先順位を変えるような事をしていたら信用を失います。木こりたちからも、貴方《あなた》からも」

「わしからも、か」

金で優先順位を変えるならば、ゲルハルトよりも高値を提示する者が現れればそちらに乗り換えるという事でもある。ルッツの答えが気に入ったのもあり、後日の再会を約してゲルハルトは大人しく引き下がった。

その後もルッツは斧を研ぎ続け、クラウディアは匕首を強く抱いてその様子を飽きずにいつまでも見つめていた。


後日、ゲルハルトは指定された家へとやって来た。

川沿いに粗末な小屋がいくつも建ち並び、そこから少し離れた所にある家だ。

川の近くは住むにはなにかと便利であり鍛冶《かじ》をするにも大量の水が必要なのだが、増水すれば流されてしまう。その為《ため》に少しだけ離れた所なのだろう。

「いらっしゃい、ゲルハルトさん」

「やあどうも、世話になるよ」

クラウディアがゲルハルトを出迎えた。木こりの集落で仲良くなったふたりの言葉づかいは気楽なものとなっていた。

柵《さく》で囲い屋根を張っただけの小屋にロバを入れて家の中へと通された。

「ルッツくん、ゲルハルトさん来てくれたよ」

声をかけるとルッツがにこやかに鍛冶場から顔を出す。

「ルッツどの、今日は話を聞いてもらえるかな」

「もちろんです。さ、どうぞ」

鍛冶屋、商人、付呪術師《ふじゆじゆつし》が狭い居間のテーブルを囲み、まずは妖刀の行方《ゆくえ》が気になるだろうと、ゲルハルトは語り始めた。

騎士団から刀を取り上げた事。

付呪を施したらとんでもない魔剣が出来上がった事。

それが勇者の手に渡った事。

伯爵からも刀を求められ、刀匠を探し求めようやくここまでたどり着いた事。

聞きながらルッツとクラウディアは顔を見合わせたり、眉間《みけん》に皺《しわ》を寄せたりしていた。

特に妖刀が本当に手に負えない代物になったと聞いたときは驚きと恐ろしさ、そしてほんの少しの誇らしさがあった。無責任でありどうしようもない話だが、職人が世に影響を与えるほどの物を作ったというのは快楽に等しい。

「その勇者さんですが、妖刀を扱いきれますかね」

「さあな、知らん。後はもうあやつ自身の問題だ。今ごろ森の奥でひとりで喉《のど》を突《つ》いているかもしれんが、わしは知らん」

ゲルハルトはあっさりと言い放った。

それでいいのだろうかとルッツは悩んだが、考えたところでリカルドという男にしてやれる事は何もない。結局、銘を入れなくてよかったと開き直る事にした。

「わしの依頼はわかってもらえたかな。伯爵に献上するための刀が欲しいのだ。その刀にわしが古代文字を刻むのだが、出来上がった刀に手を入れられる事に抵抗はあるかね？」

ううん、と唸《うな》ってからルッツは答えた。

「あんまり無いですねえ」

「そうなのか」

「持ち主が刀を長すぎると感じたら茎尻《じり》を磨《す》り上げて短くするのはよくある事じゃないですか。でもこれを刀鍛冶が咎《とが》める訳にはいかない。実際に使う側にとって、使いやすさは生死に直結する訳ですからね」

刀には芸術品としての一面もあるが、本質は武器であることを忘れてはいけない。それがルッツの考えであった。

刀は所詮《しょせん》、人斬り包丁。

そんな言葉を卑下する事なく、斜に構えるでもなく、自然体で受け入れろ。それが刀鍛冶の師でもある父の教えであった。

「それと付呪術を一緒にするのもなんですが、用途に合わせて加工するっていうのは、まあ自分としてはアリかなと」

単純明快な答えにゲルハルトは満足げに頷《うなず》いた。

「素晴らしい。わしも魔術付与に全力で取り組む事をお約束しよう」

職人ふたりは互いを認め合い、それから具体的な刀の形状に話は移った。

「武芸がヘタく……、もとい、あまり得意ではない伯爵の佩刀ですか。では見た目重視で、あまり重くない方がいいですね」

「ご自身で暗殺者に立ち向かう、などという事は想定しておらんだろうな」

先日見せてもらったクラウディアの匕首などは心臓を貫くことに特化した武器であったが、今回はそんな事を考えなくともよいだろう。

今まで黙って聞いていたクラウディアが手を挙げて言った。

「ちょっと待ったルッツくん。武器好きの貴族様ともなれば同好の士で集まる事もあるだろう。その時、刀を見せてくれなんて話になるかもしれない。むしろマニアにとっては他人に見せびらかす事こそ主目的だ。見せかけだけの刀では恥をかかせてしまうことになるよ。使う使わないはともかく、実用性は追い求めるべきじゃあないかな？」

ゲルハルトに視線を向けると、彼も小さく頷いて同意した。

「軽くて、見映えが良くて、実用性も抜群の刀となると……」

ルッツは指先を開いたり縮めたりしながらどんな形状にするか、幅はどれほどかとイメージを固めていた。

「出来るかね？」

「ええと、これがこうなって……、こう。ああ、はいはいはい。こうすりゃ行けるか……」

ゲルハルトの声が聞こえているのかいないのか、しばし自分の世界に浸った後でようやく正気を取り戻した。

「やれそうです。二週間後にまた来ていただけますか、なんとか形にしてみせます」

「そうか、頼もしい言葉を貰《もら》えて嬉《うれ》しい限りだ」

立ち上がり、ルッツの手を取って嬉しそうに振るゲルハルト。

その時ルッツはゲルハルトの手が妙に硬いことに気が付いた。最初は職人だからだろうかと考えたが、彼は付呪術師であり力仕事がメインという訳ではないはずだ。

これは剣術ダコだ、しかもかなりの腕前のようだ。正面から戦って勝てるだろうかとルッツは考えていた。正直、あまり自信が持てない。何かと謎の多いご老人のようである。

「ところで……」

と、またもクラウディアが言い出した。

「ゲルハルトさん、ルッツくんは鞘《さや》とか鍔《つば》の装飾が出来ないのです。本当にダメダメなのです。使えりゃいいじゃん、という本人の適当さが表れて芸術的センスが壊滅、焼け野原なのです」

「クラウディア、もう少しこう、言い方をだな……」

「そういう訳で装飾についてはお任せしてもよろしいでしょうか？」

ゲルハルトは妖刀とクラウディアに見せてもらった匕首《あいくち》を思い出した。共に鞘は真っ黒であった。

渋くてゲルハルト好みではあったが、伯爵への献上品としてはあまりにも地味すぎる。

「わかった、仕上げの職人はこちらで確保しておこう」

こうして話はまとまりゲルハルトは立ち去って、ルッツは刀の作製に入った。


ルッツは鍛冶場で腕を組み、じっと考え事をしていた。

貴族に献上するための刀を打つなど初めての経験である。しかも下級貴族ではない。伯爵、貴族の上澄み中の上澄みである。

「なんだいルッツくん、鉄片なんか睨《にら》み付けていたって面白くないだろう？」

いつまでも音がしないのを不審に思ってクラウディアが様子を見に来たようだ。

「緊張しているというか、少し怖いのかな。この刀を打つことで俺の人生が一変してしまうのではと思うとな」

「あっはっは、何だいそんな事か」

悩むルッツを、クラウディアは笑い飛ばした。そんな事呼ばわりされてルッツは少し不機嫌な顔を向ける。

「君の人生の最大の分岐点は、騎士団に妖刀を投げつけたところさ。後は全《すべ》て些事《さじ》に過ぎないよ」

「……本当に、『君は私が好きなんだ』ってスタイルを崩そうとしないよな」

「証拠ならあるが、見るかい？」

「遠慮しておこう」

「書いたまま、出さずにしまったラブレター、か。素敵だねえ。あんなに早く見つかったのは予想外だったかな？」

言いながら匕首を懐から取り出した。やはり今も持ち歩いているらしい。柄を細い指先で撫《な》でながら話を続ける。

「ふたりで白髪《しらが》のしわくちゃになって一緒に日向ぼっこでもしている時に、実はあの匕首には……、なんて言い出すつもりだったかな。それはそれでロマンチックなんだがねえ。いやあ、残念残念」

クラウディアは言いたい放題言って居間に戻ってしまった。鍛冶場に取り残されたルッツがひとり呟《つぶや》く。

「後は全て些事、か……」

ルッツが貧乏鍛冶屋でも貴族のお抱えでも、どちらでもクラウディアは構わないだろうし付いて来てくれるのだろう。それをごく当然の事と断言するのはいかにもクラウディアらしい。

やるべき事は決まった。ルッツは炉に火を入れて、ふいごで風を送った。

次第に大きくなり揺れる炎を、ルッツはどこまでも真《ま》っ直《す》ぐな瞳《ひとみ》で見据えていた。

後日、出来上がった刀の形状はまるで巨大な刺身包丁であった。

依頼からきっちり二週間後にゲルハルトがやって来た。

鍛冶場から鎚《つち》の音が聞こえない。既に出来上がったか、それとも全く作業が手についていないのか。少々不安に思いながら鍛冶場を覗《のぞ》くと、そこには白木の鞘を前に座り込むルッツの姿があった。

白鞘とは木で作った、装飾等をしていない簡素な鞘である。持ち歩く為でなく保管用といった意味合いが強い。

装飾等は全てゲルハルトが受け持つという話なのでそれは構わないのだが、何故《なぜ》ルッツはそんなものをじっと見ているのだろうか。

「ルッツどの、どうなされた」

「あ……、これはゲルハルトさん。お出迎えもせず失礼しました」

「刀は出来上がったかね」

「出来た、と言えば出来たのでしょうが……」

妙な言い方をするルッツの態度に首を傾《かし》げるしかないゲルハルトであった。

「抜いても良いかな」

「どうぞ、ご存分に」

どんな刀が出来上がったのか。少し興奮しながら刀を抜くと、そこに現れたのは反りの無い細身の直刀であった。

「見事……。うむ、実に美事ッ！」

触れるだけで切れてしまいそうな凄《すご》みを感じる。ゲルハルトは思わず感嘆の声を上げた。叶《かな》うことなら献上などせずにこれをもって失踪《しっそう》してしまいたかった。

「振ってみてもいいかね？」

「いいですよ、外に出ましょうか。実際に振らなければその刀の本当の姿もわからないでしょうし」

「ふむ、面白い事を言うものだ」

夏の日差しが降り注ぐ中、ゲルハルトは白鞘を腰に差してゆっくりと刀を抜いた。正眼という、正面中段に構えるその姿はやはり素人《しろうと》とは思えない。剣だけでなく刀の使い方にも通じているようだ。

気合い一閃《いっせん》、正面に振り下ろす。ルッツの眼《め》に存在しない敵が頭から血を吹いて倒れる光景が見えた。

さらに横薙《よこな》ぎ、斬り上げと様々な型を披露するゲルハルト。いつも穏やかに微笑《ほほえ》む老人はそこにいない。どんな敵を想定しているのか、鬼気迫る表情であった。

ヒュン、ヒュンと風が鳴る。鋭い剣を振れば風切り音が鳴ることはあるが、これはさらに甲高い音であった。

ゲルハルトは腰を落として刃《やいば》を鞘に納め、ルッツに手渡した。

「……風が哭《な》きよるわ」

「鋭さや切れ味を重視して作りました。戦場での長期戦には不向きですが、貴人の佩刀《はいとう》としては十分でしょう」

「そうだな。不意打ちをされても最初の一撃さえ防げれば後は護衛どもの仕事だ。そして初太刀においてこれに勝る刀はそうはないだろう」

美しさ、実用性において申し分なし。あまりの鋭さに風が哭くというのも独自性があって面白い。しかしこうなると気になる点が出てきた。一体何が気に入らなくて完成ではないと言うのだろうか。

「それで、残った仕事とは何だろうか」

さっさと持ち帰って魔術付与を施したい。ゲルハルトの口調はつい急《せ》かすようなものになってしまった。

「……銘をね、入れていないのですよ」

「またか！」

妖刀に名前が入っていなかったことが事の発端であり、おかげでゲルハルトは製作者を探し回ることになった。何故こいつは何度も銘を入れ忘れるのだろうか。

「銘を刻むくらいすぐに出来るだろう。作者不明ではわしも伯爵に説明しづらいぞ」

「刀の名前が決まらなくて……」

と、ルッツは頭を掻《か》きながら居心地《いごこち》が悪そうに言った。

「苦手なんですよね、名前とか考えるの」

「まさかお主、妖刀に銘が入っていなかったのは……」

「考えているうちにクラウディアが捕まっちゃいまして」

ゲルハルトは悩んだ、誰《だれ》を責めるべきなのだろうかと。ネーミングセンスに欠けるルッツか、それとも騎士団の不良どもか。

「……とにかくだ、わしはすぐにでも刀を持ち帰りたい。今、この場で、すぐに！　名前を考えて刻んでくれ」

「そう急かされると余計に頭が回らないんですよね。……伯爵の為《ため》の刀だから、伯爵ソードとかどうですか？」

「真面目《まじめ》にやってくれ！」

「残念ながら、大真面目です」

「なんてこった！」

頭を抱える男がふたり。そこにやって来た救世主はやはりクラウディアであった。

「何をやっているのかな君たちは」

「良いところに来てくれた。実は……」

事情を説明すると、クラウディアは納得と呆《あき》れが混在したような顔で頷いた。

「名前、名前ね。どうでもいいようで、これが決まらないと先に進めないね。ただ、あまり大袈裟《おおげさ》な名前を付けようとはしない事だねえ」

「そういうものか」

「世の中にエクスカリバーと名の付いた鉄屑《くず》が何本存在すると思うね」

「ああ……」

客観的な評価はともかく良い武器が出来上がった瞬間、それは鍛冶師《かじし》にとって伝説の武器なのだ。上がったテンションに身を任せて名付けるとそういう事になる。

気持ちはわかるので反論しづらい職人ふたり。彼らにも恥ずかしい過去がいくらか存在した。お互いそこには触れない情けもあった。

「ルッツくんのセンスが壊滅的だとして、ゲルハルトさんは何かいいアイデアはありませんか？」

「え、わしか？」

「これから魔術付与をする訳ですし、名付け親になる権利は十分にあると思いますよ」

「ふぅむ、刀の名か。風を斬る刀、風泣……。いや、刀に泣くという字はあまり勇ましくないな」

「方向性は悪くないと思います。泣かせるのが風ではなく、もっと強大な存在であれば」

「ならば悪魔か、鬼か」

「いいですねえ。鬼を泣かせる刀、鬼哭刀《きこくとう》とかどうですか？」

クラウディアの提案にルッツは薄く笑い、

「刻んでこよう」

と言って鍛冶場に入った。

素っ気ないようで、かなり気に入った時の反応だとクラウディアは温かくその背を見送った。

「鬼哭刀か、良い名だが少し勇ましすぎるな。細身の直刀よりも分厚い豪刀を連想してしまう」

ゲルハルトの問いに、クラウディアはニイッと笑って答えた。

「そこは魔術付与の出来次第ではないですかねえ」

「ふ、ふ……、言ってくれるわ」

ここから先は自分の出番だ。そう思えばたまらなく面白くなってくるゲルハルトであった。

銘を入れ終わったルッツが戻ってきた。ゲルハルトたちに茎《なかご》を見せる。確かにそこには『鬼哭刀、ルッツ』の名が刻まれていた。

「では、お渡しします」

「うむ」

白鞘を組み立て、刀を水平に持ち荘厳な儀式であるかのように渡すルッツ。ゲルハルトも表情を引き締めてそれを受け取った。

小屋からロバを出し、城へ帰ろうとするゲルハルトが、

「お、そうだ」

と、思い出したように荷をほどいて革袋を取り出した。

「代金だ。伯爵に気に入っていただけたらまた追加で渡そう」

得意気に笑いながら続けた。

「ま、気に入らぬなどという事はないだろうがな」

ロバを連れて飄々《ひょうひょう》と立ち去るゲルハルト。その後ろ姿はやはり商家のご隠居にしか見えなかった。

ずしりと重い革袋をルッツたちが居間に戻って確認すると、そこに入っていたのは目映《まばゆ》い金貨であった。

「……パン屋で使ってお釣りがもらえるのか？」

ルッツが引き攣《つ》った顔でつまらない冗談を言う。現物を前にしてもとても信じられなかった。

テーブルにばら蒔《ま》いた金貨を数え終わったクラウディアが、突然ゲラゲラと笑い出した。

「ルッツくん、この金貨、金貨だが……ッ」

「なんだ、どうした⁉」

まさか偽金だったのだろうかと疑い慌ててしまった。

ゲルハルトの身分であれば、城壁外の者が何を訴えたところで知らぬ存ぜぬで通すことも出来るだろう。それ以前にゲルハルトが伯爵家お抱えの付呪術師《ふじゅじゅつし》であるというのも嘘《うそ》かもしれない。

と、そこまで考えたところで思い直した。詐欺師であれば妖刀の事を詳しく知っているのもおかしな話である。また、こちらの方が重要な事だがルッツはゲルハルトの職人としての矜持《きょうじ》を信じたかった。彼は本物の職人だ、己の技術を利用して他の職人を騙《だま》すはずがないと。

「この金貨、百枚あるぞ……ッ」

「へ、あ、ひゃくまい？」

クラウディアが呼吸を整えながら答えたが、ルッツにはしばし何の事やらわからなかった。

「……ああ、そうか、金貨百枚か」

ようやく思い出した。それはクラウディアがあの妖刀に付けた値段と同じなのだ。

運命という得体の知れない物が大きく、大きく回って戻って来たような気分だ。ルッツは金貨をひとつ摘《つ》まんで、染々《しみじみ》と眺めていた。

「俺たちの人生、遠回りをしているようで無駄な事など何もなかった、と言うべきなのかな」

クラウディアは優しく微笑んで頷《うなず》いた。

金貨百枚。あの日、失った物など何も無い。

第五章　瞳《ひとみ》の烙印《らくいん》

街の装飾師に預けていた刀が帰って来た。

獅子《しし》が彫刻された銀の鞘《さや》も、よく磨かれた鍔《つば》と柄《つか》も満足のいく一級品である。鞘に納めていると刀とはわからないのが問題だが、和洋折衷の剣というのもそれはそれで味がある。

納品に来た出入りの装飾師パトリックは、

「これを売ってくだされ、金はいくらでも出します！」

などと鼻息を荒くしていた。自分の作品があまりにも出来が良くて手放すのが惜しくなるというのはよくある話だ。

刀の美しさに引っ張られるように装飾師のやる気も上がっていたからこそ、これほど美しい鞘が出来上がったのだろう。職人にとって素晴らしい作品との出会いとは己を高める貴重な機会だ。

「これは伯爵への献上品だぞ、そこに割り込むつもりか？」

「ぬぅ……」

ゲルハルトは呆れたように言い、パトリックは泣き出しそうな顔で俯《うつむ》いた。諦《あきら》めた訳ではなく、何とか手にする口実を考えているようだが無駄な事だ。

いくらでも出すとは言ったが街の装飾師が自由に動かせる金額など、どれだけ頑張っても金貨二十枚、無理に無理を重ねて五十枚くらいだろう。資金力で伯爵の足元にも及ばない。

また、献上品の横取りなどすれば彼は出入りの業者という地位を追われるだろう。街に住み続けられるかどうかも怪しいものだ。ゲルハルトだって責任を問われることになるので、彼に付き合う義理は全くない。

ゲルハルトに窘《たしな》められるまでもなく、少し考えればわかることだ。伯爵家の出入り業者にまでなった男が理解できぬほど愚かなはずがない。

パトリックも頭では理解していた。それでも、どうしても未練が付きまとう。ここで手放してしまえば二度と目にする機会は無いのだ。

愚かだが、気持ちはわからぬでもない。ゲルハルトは大きくため息を吐《つ》いてから言った。

「伯爵にはわしから鞘を作ったのはパトリックだと名を告げておく。今回はそれで良しとせい」

これは大変な名誉であったし、気に入ってもらえれば次の大きな仕事にも繋《つな》がる。場合によっては工房を城内に移す事すら可能かもしれない。

「よろしく、お願いします……」

これだけの好条件を出されてもなおパトリックの未練は消えていないようで、ゲルハルトの部屋を出るまでに三度もちらちらと振り返っていた。

人を魅了する芸術品とは、実に恐ろしいものである。

ゲルハルトは鬼哭刀《きこくとう》を抜いて儀式台に横たえた。後ろには緊張した面持ちのジョセルが控えている。今回の刀は精神を蝕《むしば》むような効果は無いので見学を許されていた。

「お師様、刀に施す術は決まりましたか？」

「うむ、風の魔法を纏《まと》わせる事とする」

「属性剣になさいますか」

「これならば重量軽減と切れ味の向上を同時に出来るからな。並の剣ならばどちらも中途半端になるだろうが、この鬼哭刀ならば……ふ、ふ……」

瞳に妖《あや》しい光を宿らせ、ゲルハルトは作業に入った。

大粒の宝石を惜しげもなく並べ、儀式台に水銀を流し込む。やがて儀式台に命が吹き込まれたかのように、どくどくと不気味に脈打ち始めた。

この準備だけでも金貨五十枚くらいはかかっているだろう。

「お師様は、恐ろしくはないのですか……?」

ジョセルが強《こわ》ばった声で聞いた。

「何がだ?」

「もしも失敗すればこの宝石類は無駄に砕け散り、刀もひび割れてしまうかもしれません。そう考えると私は恐ろしくてなりませぬ」

大袈裟でも何でもなく大粒の宝石ひとつで人生が買える。そんなものを大量に並べて儀式に挑むプレッシャーはどれほどのものだろうか。

「考えなければよかろう」

「そんな適当な……」

「真面目《まじめ》に言うておる。わしとて宝石の価値がわからぬではないがな、付呪術師が握った瞬間からただの石ころになると心得よ。これがいくらになるかとか、何が買えるかなどと考えるな」

ゲルハルトは昔を懐かしむように遠くを見ていた。

「わしとてこの歳《とし》になるまで何度失敗したやら。被害総額がいくらになるかなど考えたくもない。……おっと、儀式台に魔力が満ちたようだな。この話は止《や》めだ、止め」

話を強引に打ちきってゲルハルトは儀式台に向き合った。ジョセルも固唾《かたず》を飲《の》んで見守っている。

脈動のリズムに合わせて刀身に古代文字を刻んでいく。上手《うま》く魔力を取り込んだ文字部分が、ぼうっと淡い光を放った。

三時間かけて文字を刻み終えた頃《ころ》には、ゲルハルトの白髪《しらが》がたっぷりと汗を吸っていた。

「まったく、偉そうな事を言っておきながら緊張しっぱなしだったわ」

大きく息を吐きながらゲルハルトが言った。その表情には疲労と、確かな満足感があった。

「お見事です、お師様」

「おう、ありがとよ」

刀身に風の魔法が宿り、薄緑色に輝いていた。

並の剣で二字、業物であっても三字か四字を刻むのが限界であり、無理にそれ以上の魔力を流し込むと刀身が耐えきれずに割れてしまうのだ。それをこの刀は古代文字を五字まで耐えきった。

文字数が多ければそれだけ乗った魔力も大きい。

刀の方からまだいける、まだ限界ではないと伝わって来て、つい無理をしてしまった。これ以上ないというくらいの大成功である。

「さあて早速、中庭で振ってみようかい」

ゲルハルトは鬼哭刀を掴《つか》んで、ふらふらと危うい足取りで立ち上がった。

「お師様、少し休まれた方がよろしいのでは？」

「そうだな、常識的に考えればまったくもってその通りなのだが、すっかり興奮してしまってな。この刀の仕上がりを確かめるまでは眠れぬよ」

そう言って廊下に出ていった。

「お師様！　鞘を、鞘を忘れております！　城の廊下で抜き身を持ち歩かないで下さい！」

ジョセルが鞘を持って慌てて追いかけるとゲルハルトは、

「おお……」

と、わかったようなわからないような曖昧《あいまい》な返事をして鞘を受け取った。

本格的に寝ぼけているのではなかろうか。そんな不安を抱えながらジョセルも付いて行った。


ジョセルの心配は杞憂《きゆう》であった。

中庭でゲルハルトが刀を抜くと背筋がピンと伸びて目付きが鋭くなった。側《そば》にいるだけで寒気がするほどの気を発している。

ゆっくりと振り上げ、斬り下ろす。

ヒュォォ、と風が引き裂かれるような音が響いた。その音だけで切れ味がどれだけ凄《すさ》まじいかの想像がついた。絶対にあの刀と対峙《たいじ》はしたくない。もしもあの一撃を剣で受け止めたら、よほどの業物でなければ剣ごと斬られて頭を叩《たた》き割られるに違いない。

二度、三度と振る度に風が哭《な》く。持ち主には祝福の音色に、敵対者には死神のラッパのように聞こえる事だろう。

よし、と頷いてゲルハルトは刀を納めた。

「ジョセル、お主も振ってみるか？」

「よろしいのですか、伯爵への献上品ですが……」

「まだ献上はしておらん。今ならテストだと言い張れるぞ。役得、役得」

笑いながら差し出される刀をジョセルはありがたく受け取った。

振りたくない訳がない。彼は付呪術師見習いであると同時に騎士なのだ。騎士だからこそ主君に対する遠慮があったが、新しい武具には興味津々であった。

「刀は基本的に両手で持つ物だ。後は好きに振ってみせい」

ゲルハルトの構えを真似《まね》して振り上げ、振り下ろす。気合いの一撃に応《こた》えて風が舞った。しかしゲルハルトが出した音に比べてわずかに鈍いような気がする。

首を傾《かし》げ、十回ほど素振りをした所でゲルハルトから待ての声がかかった。

「その辺にしておけ。柄にわしらの手汗を染み込ませては伯爵に申し訳が立たん」

「……お師様と、同じ音が出ません」

ジョセルは悔しさに顔を歪《ゆが》ませていた。

「振り方というか、風の斬り方によって音が違ってくるようだの。まったく小癪《こしゃく》な刀よのう。お主は刀の正しい振り方も知らぬ。こうなるのは当然であり仕方のない事だ」

「お師様、もう少しだけ振らせていただけませぬか？」

「ならぬ。これ以上やれば刀から離れられなくなるぞ。それとも刀を持って逃げ出すか、妻子を置いて」

「……いえ、私が力を求めるのは主君と家族を守る為《ため》です」

「ならば諦めよ。……そんな泣きそうな顔をするな。いつかルッツどのにな、わしとお主の刀を打ってもらおうではないか。他人の刀を横取りするのではなく、どんな刀が欲しいかとリクエストを伝えて作ってもらう、わしら専用の刀だ」

「いいですね、それはとても素敵です」

師にこうまで言われては仕方が無い。観念したようにジョセルは鬼哭刀を捧《ささ》げ持《も》ちゲルハルトに返した。

「ただ、わしはお主の刀に魔術付与はせぬからな」

「え？」

「お主が自分でやるのだ。付呪《ふじゅ》術師《じゅつし》として修行を重ね、自信が付いた時に己の刀に古代文字を刻むがよい」

「はい、精進いたします！」

深々と頭を下げるジョセルをゲルハルトは温かい目で見て、何度もうんうんと頷いていた。

献上品を打ってくれただけでなく、弟子のやる気にまで火を灯《とも》してくれたあのネーミングセンス最悪野郎には感謝しかない。


鬼哭刀を献上してから数日、ゲルハルトはまだ喪失感から立ち直れないでいた。

愛弟子《まなでし》には偉そうな事を言って綺麗《きれい》にまとめたのだが、本音を言えばゲルハルトだってあの刀が欲しかった。自分の物にするにはどうすればよいかと本気で考えたが何も思い浮かばず、仕方なく伯爵に献上したのだ。装飾師パトリックの事を散々なじっておきながら、根っこの部分はゲルハルトも同じであった。むしろ武具に関わる職人ならば当然の事である。

魔術付与の儀式で精魂尽き果ててしばらく何もやる気が起きなかった。行く当てもなくふらふらと城内の廊下を歩いていると、どこかから隙間《すきま》風のような音が聞こえてきた。

音を追ってみると中庭で見覚えのある男が刀を振っていた。マクシミリアン・ツァンダー伯爵である。

「……んん？」

一瞬、思考が止まるゲルハルトであった。

伯爵は生来病弱であり武芸の心得など無いし、やろうともしてこなかった。彼にとって戦いとは憧《あこが》れの中だけの話ではなかったのか。

気になって近づくと、伯爵もゲルハルトに気付いてはにかんだ笑顔を向けた。彼はもう四十をいくつか越えているが、笑うと少年のような印象を受ける。

「……私が刀を振っているのがおかしいか？」

「やってはいけないという訳ではありませんが、少し驚きました」

「そうだろうな。私とてただの思い付きでやっているようなものだ」

伯爵が刀を鞘に納めようとするがその手付きは危なっかしく、手を切ってしまわぬかと見ている方がハラハラと焦ってしまった。

「この刀は本当に素晴らしい。礼を言うぞ、ゲルハルト」

「勿体《もったい》なきお言葉にて……」

「それだけに疑問に思ったのだ。従者に持たせたり、ただ腰にぶら下げているだけで、私はこの刀の所有者であると胸を張って言えるのかと」

どうか、と伯爵が目で問いかける。

「いささか俗な表現になりますが……」

「構わぬ、わかりやすければそれでいい」

「結婚直後に妻をほったらかしにするようなものかと。心を通わせず、その身を味わうこともなく、ただうちの妻は美人だぞと自慢しても虚しいだけでしょう」

何故《なぜ》こんな馬鹿な事を言ってしまったのかと後悔した。つい最近知り合った馬鹿夫婦の顔が思い浮かぶ。恐らく奴《やつ》らのせいだろう。

伯爵は特に気分を害した様子もなく、むしろ遠回しではあるが刀を振るのを認められた事を喜んでいた。

「私はこの刀の事をよく知りたい。刀の使い心地を聞かれて答えられぬようでは所有者とは言えまい。そうだろう？」

言いながらもう一度刀を抜いて振ってみせた。やはり隙間風のような間抜けな音がした。

伯爵は苦笑しながら言った。

「情けない音だろう。だがな、何度も振っているとたまに良い音をさせる事があるのだ。まるで今の振りは良かったと褒めてくれるようにな。それがとても励みになる」

そういう考え方もあるのかとゲルハルトは感心した。ジョセルなどは良い音が出ない事で悔しがっていたが、振り方を矯正してくれると考えればこれほど良い教材はあるまい。

「閣下、刀の握りはもう少し両手で絞るようにお持ちなされ」

つい余計な口出しをしてしまったが、伯爵は老人を鬱陶《うっとう》しがる事もなく素直に従った。初めての剣術でやる事なす事全《すべ》てが物珍しく面白いのだろう。

「絞り、されど余計な力は入れず。……はい、よろしゅうございます」

「これが刀の握り方か。なるほど、今までよりしっくり来るな」

言いたい事ならばあと五十項目くらいあったが、一気にそんな事を言われても初心者が対応出来るはずもない。優しく沼に沈めてやろう。ゲルハルトは心中でにやにやと笑っていた。

「ふんむッ！」

気合いと共に振り下ろされる鬼哭刀。隙間風ではない、確かに風を斬る音がした。ゲルハルトやジョセルには遠く及ばないが、それでもかなりの前進であった。

「おお、風が鳴ったぞ！」

「お見事にございます、閣下」

「ゲルハルトよ、他はどうだ。他に直すべき点はあるか⁉」

伯爵はすっかり興奮していた。

「一度に何もかも覚えられる訳ではございませぬ。本日はまず、握りを会得しましょう」

言葉の中に、またやりましょうという意味を含ませた。剣術は底無し沼だ、膝《ひざ》まで浸《つ》かってくれれば後は勝手に沈んでくれる。

その後、伯爵は素振りを続けていたのだが、突然口を押さえて激しく咳《せ》き込んだ。

「閣下！」

ゲルハルトは慌てて駆け寄った。楽しそうに素振りをする姿につい、彼が病弱であるということを忘れてしまっていた。

「閣下、今日はここまでにしておきましょう」

「しかし、私は……」

刀に認められたい。その気持ちはゲルハルトにも十分に理解できた。ある意味で尊敬の念も抱いていた。技術こそ伴っていないものの、彼の心は確かに剣士なのだと。

ゲルハルトは優しく、静かに首を横に振った。

「どれほど激しい修行をしたところで、一日で剣豪になれるはずはありませぬ。まずは丈夫な体作りからです」

「そうだな……」

「何も心配することはございませぬ。後は全て鬼哭刀が導いてくれるでしょう」

「ふ、ふ……。鬼哭刀、恐ろしげな名に反して優しい刀だな」

呼吸もなんとか落ち着いた伯爵が微笑《ほほえ》んで立ち上がり、刀を納めた。

その姿を見てゲルハルトは鬼哭刀に対する未練が綺麗さっぱり消え去った。あれは伯爵の刀なのだ、自分が入り込む余地はない。

振る者は楽しいと言う。向けられた者は恐ろしいと言う。切れ味を追求した直刀を、優しいと評する者が他にいるだろうか。

政務に向かう伯爵の背をゲルハルトは納得と羨望《せんぼう》の眼差《まなざ》しで見送った。

ゲルハルトの心から未練がすっぽりと抜け落ちた、その隙間に新たな欲が流れ込む。わしも自分専用の刀が欲しい。出来ればリカルドや伯爵の物よりも立派な奴を。

ジョセルの前でもいつかルッツに作ってもらおうと言ったが、あくまでいつかの話であって、今すぐのどから手が出るまでに欲しくなるとは予想外であった。

伯爵の依頼ではないので金は自分の懐から出さねばなるまい。いくらまでなら出せるかと真剣に考えるゲルハルトであった。

ルッツに刀の製作を依頼し、名前をクラウディアと一緒に考える。

装飾は引き続きパトリックに頼もう。人格はともかく腕は一流だ。それは鬼哭刀の鞘《さや》を見ればよくわかる。

付呪は自分でやるから良いとして、材料費だけはケチる訳にはいかない。

「金貨二百から三百を、個人の懐でなあ……」

現代の感覚に置き換えれば、退職金と老後の貯《たくわ》えを全て趣味に注《つ》ぎ込もうと言っているようなものである。ゲルハルトは独身だからいいものの、もしも連れ合いがいればその場で刺されたっておかしくない案件だ。

それでもなおゲルハルトの思考はやるかやらないかではなく、いかにしてやるかという方向に傾いていた。それくらい伯爵と鬼哭刀の絆《きずな》が羨《うらや》ましかった。

もう一度、刀に恋したい。

鼻歌を歌いながら出来るような、ピクニックミッションのはずだった。

オーク、それは人の身体《からだ》に豚のような頭を持ち、全身が苔《こけ》に覆われたような緑色をしている魔物である。人の言葉を理解し集団で行動する社会性のある生物だが、文明のレベルが低い暴力の信奉者だ。

彼らの主な武器は原始的な石斧《いしおの》やこん棒であり、非公式ながら勇者の称号を持つリカルドにとって数体まとめて楽に倒せる相手であった。

しかし今、彼は死の危機に瀕《ひん》していた。

オークは通常、成人男性と同じか少し高いくらいの身長なのだが、目の前の個体は三メートルを越えていた。右手には巨大な斧が握られている。オークの突然変異体である。

リカルドの息は荒い。足が小刻みに震え、剣を持つ手に力が入らない。気を抜けば意識を失ってしまいそうだ。斧を防ぐ度にそのまま吹き飛ばされ、木や地面に叩《たた》きつけられダメージが蓄積していった。

逃げろ、勝てない。戦士の本能がそう叫ぶ。

しかし逃走ルートは配下のオークたちに塞《ふさ》がれていた。奴らを斬り伏せることくらいは楽に出来るのだが、オークリーダーに一瞬でも背を向けることは命取りである。

どうする、どうすればいい。何度考えても答えは同じ所にたどり着く。予備として腰に差していた妖刀を使うしかない。

正直な所、これを抜いたとしてもどうなるかはわからない。実戦で使ったことがないのだ。

このまま何もしないでいれば殺される、それだけは確かだ。ならば賭《か》けるしかあるまい、配当不明のデスゲームに。

リカルドは持っていた剣を放り投げた。手が震えて上手《うま》く鞘に納められる自信がなかったのだ。

「ぶひひひぃん。どうした、もう降参かぁ？」

オークリーダーが生暖かい息を吐きながらリカルドを嘲笑《あざわら》った。取り巻きのオークたちも一斉に笑い出す。

リカルドは不快な笑いを無視して刀を抜き、正眼に構えた。

辺りは甘い香りに包まれた。背後に血塗《ちまみ》れの女がいて、耳元で何事かを囁《ささや》いている。応じれば、殺される。リカルドは死の誘惑を振り切ってオークリーダーを睨《にら》み付けた。

「ぶひぃ、綺麗な剣だな。お前を殺して俺がもらってやろう！」

オークリーダーはニタニタと脂っぽい笑みを浮かべて巨大斧を振りかぶった。

何も起こらないのか。そう思った瞬間、オークリーダーは斧の刃を自分の首に叩きつけた。

「おん、おん、ぶひひひぃんひぃん！」

それは苦悶《くもん》の声ではなかった。頸動脈《けいどうみゃく》から血を噴水のように撒《ま》き散《ち》らしながら、性的快楽でも得ているような恍惚《こうこつ》の表情を浮かべていた。吹き出る血を性の奔流と錯覚しているのだろうか。

ろくに研いでもいない斧だ、刃は首の三分の一ほどめり込んで止まっていた。より大きな快楽を求めようとオークリーダーは斧をぐりぐりと押し付けるように動かす。

切断こそ出来なかったが、失血死するには十分であった。血を失ったオークリーダーの身体がぐらりと揺れて、土埃《つちぼこり》を舞い上げ前のめりに倒れた。

「ひぃええぇ！」

取り囲んでいたオークたちは恐慌状態に陥った。大半は逃げ出した。その場にへたり込む者がいた。立ったまま失禁する者がいた。

恐るべき妖刀使いに立ち向かおうとする者は誰《だれ》もいない。

「何だこれ、何なんだよこれ……ッ⁉」

わからない、意味が分からない。

リカルドはガチガチと奥歯を鳴らしながら、震える手で刀を鞘に納めた。甘く冷たい空気は霧散したが、背中に走る悪寒はいつまでも消えてくれなかった。


魔物討伐任務を終えたリカルドをマクシミリアン・ツァンダー伯爵は側近たちと共に上機嫌で迎えた。名誉の場である。しかし勇者の顔に凱旋《がいせん》の喜びはなかった。

「お人払いを願います」

リカルドが暗く沈んだ表情を浮かべて言うと、側近たちはざわざわと騒ぎ出した。

あまりにも無礼な、誰かがそう言った。誰が言ったかなど気にしなかった。口にしたのはひとりでも皆が同じ気持ちであっただろう。

「あの刀に関する事でございますれば……」

リカルドがそう言うと伯爵はしばし考え込んでから、

「よかろう。ゲルハルトとジョセルを残し、皆は下がるがよい」

と、言った。

「しかし、閣下……ッ」

「どうした、私はもう指示を出したぞ」

食い下がろうとする側近を伯爵はひと睨みして黙らせた。

これも奇妙な話であった。伯爵はいつも気弱で、側近たちにも一歩引いて気を使っているようなお人ではなかったか。

側近たちの言を受け入れてこの場に残すか、申し訳ないがとお願いして立ち去ってもらうかのどちらかだと思っていた。今日に限って何故か自信に満ちた態度だ。

落ち着いて周囲を見渡すともうひとつ奇妙な点があった。伯爵は剣を従者に持たせず脇机に置いていた。よほど気に入っているのだろう。遠目に見てもわかるほど豪華な拵《こしら》えであった。

自分が城を出ている間に何が起こったのだろうかと疑問を抱くリカルドであった。

側近たちがぶつくさと文句を言いながら部屋を出た。中には憎悪を込めてリカルドやゲルハルトを睨む者もいた。

気弱な領主が上手く踊ってくれなくなった、伯爵がほんの少し自信を付けた、それは城内の権力闘争において死活問題であった。

ゲルハルトはふてぶてしい顔で彼らを見送っていたが、やはりリカルドには何の事やらさっぱりわからなかった。

「さて、報告を聞こうか」

伯爵が椅子に座り直して聞いた。

憧《あこが》れの世界は一歩近づき、もうおとぎ話をせがむ子供のような顔をしなくなった。

「はい、実は……」

リカルドはオーク討伐の件を語った。

驚くほど巨大な変異体が現れた事、賭けのつもりで妖刀を抜いた事、いきなりオークが恍惚の表情で自害した事など。

オークの最期については本当に説明が難しかった。貴人の前で『豚野郎が勃起《ぼっき》したまま自害しました』などとは言えず、しかし言わねば報告にならない。

「……報告は以上でございます」

あまりの凄《すさ》まじさに謁見《えっけん》の間はしんと静まった。

やがてゲルハルトが、

「たわけが……ッ」

と、吐き捨てるように言った。

それはオークたちか、あるいは魔物の報告を正確にしなかった近隣住民に対する言葉かと思いきや、老職人の鋭い視線はリカルドに向けられていた。

……俺なのか、何故《なぜ》俺なのだ。

怒られる理由がさっぱりわからなかった。

「経緯はどうあれ、お主はその刀に命を救われたのだ。ならば不気味だの恐ろしいだのと言う前に、まず礼を述べるべきだろうが」

まるで刀をひとりの人間として扱っているような物言いであった。この老人だけがおかしいのかと思いきや、伯爵も小さく頷《うなず》いていた。

助けを求めるように高位騎士ジョセルに視線を移すが、彼は無表情であり特に異議を唱えるつもりもなさそうだ。

「あの、これは刀で……、道具ですよ？」

「職人が魂を込めて作り、戦士が命を預ける物が、ただの道具か」

ふんと鼻を鳴らすゲルハルトの眼《め》は冷ややかであった。

皆おかしい、正気でない。それとも自分がおかしいのか。リカルドはアイデンティティ崩壊の危機であった。

今まで黙って聞いていた伯爵が、何かを思い付いたように言った。

「銘が入っていないのが悪いのではないか。あの刀、あの妖刀と呼んでいたのでは愛着も湧《わ》くまい」

「なるほど、良きお考えかと」

「ゲルハルト、刀匠への紹介状を書いてやれ。それと金貨十枚を合わせて今回の褒美としよう」

ゲルハルトとジョセルがお辞儀をして、リカルドもそれに従った。自分の意思とは関係なく話が進んでしまったが口を挟めるような雰囲気でもなくなっていた。

「ところで、集落の者どもはオークが変異体だと気付かなかったのでしょうか」

ジョセルが疑問を口にすると、ゲルハルトは首を横に振った。

「変異体という言葉を知らずとも、巨大であることくらいはわかっていたはずだ。そうでなくては慌てて助けを求めたりはすまい」

「ならば何故、それを言わなかったのでしょうか。規格外の化け物だと知っていればこちらもそれに応じた援軍を出し、勇者どのを危険に晒《さら》すこともなかったでしょう」

それはリカルドも気になっていた。今回はなんとか無事に切り抜けたものの、下手《へた》をすれば殺されていたのだ。ごめんねついうっかり、その一言で終わらせられてはたまったものではない。

「依頼者が正確な報告をしないというのはよくある話だ。強大な魔物であると言えば討伐隊を寄越《よこ》してくれないかもと思ったのかもしれぬな」

ゲルハルトは苦い物でも吐き出すように言った。実体験だろうか、何かと謎の多い爺様《じい》である。

「嘘《うそ》でも何でもとりあえず来てもらえば後は巻き込めると？」

「そういう事だ。最初のひとりは死ぬだろうがな」

その最初の生《い》け贄《にえ》にされかけてリカルドの心中は穏やかでなかった。

「リカルドよ、弱き民はお主にとって守るべき対象であろうが、奴《やつ》らが常に善良であるなどとは思うなよ」

「……肝に銘じます」

ゲルハルトの言葉に、リカルドが重々しく頷いた。

伯爵が辺りを見回してからまとめに入った。

「この行き違いは民と私との間で信頼関係が築けていなかった証《あかし》だろう、今回は不問とする。ジョセルよ、集落へ向かいその旨を伝えよ。それと……」

伯爵の眼が冷たく光った。それは正に冷徹な領主の顔であった。

「次は許さぬ、とな」

「はっ、しかと伝えます」

こうして謁見の儀は終わった。部屋を出ようとするリカルドの背にゲルハルトの声がかかる。

「刀鍛冶《かたなかじ》の家に行って、その場に男ひとりしかいなかったら日を改めて出直せ。絶対にだぞ！」

「その男が刀鍛冶ではないのですか？」

「女商人が一緒に居る時にしろ。さもなくば……」

ゲルハルトの表情に先程までのような冷たさがない。本気で心配しているようだ。

「刀の名前を勇者ブレードとかにされかねないぞ」

今日は訳のわからないことだらけだ。ゲルハルトの忠告も意味がわからない。

ただ、最後の忠告にだけは素直に従っておこうと決めるリカルドであった。


謁見の間を出たリカルドとジョセルは薄暗い廊下を並んで歩いていた。

正確に言えばリカルドがジョセルに話しかけるために隣に付いたのだった。

「ジョセルさん、伯爵の身に何かあったのですか？」

「何か、とはなんだ」

ジョセルの言葉に咎《とが》めるような響きがあった。伯爵への批判とも取れるような言い方は止《や》めろ、そう言ったのである。ただでさえ今は伯爵の変化に賛否ある状態なのだ。

「失礼しました。本日は顔色も良くご機嫌であったようで……」

……あの坊っちゃんがクソ爺《じじい》と一緒に刀馬鹿になっていたのはどういうことだ。

と、聞きたかったのだがそれを丁寧な言葉に言い換えるのはリカルドの拙い語彙《ごい》力では不可能であった。

リカルドの気持ちを知ってか知らずか、ジョセルは快く答えてくれた。

「伯爵は新しい刀を大変気に入られてな。最近は午前の政務の前にお師様と中庭で一緒に素振りをなされているそうだ。無論、お身体《からだ》を壊さぬ程度にな」

「伯爵が、素振りを？」

意外であった、伯爵のイメージにまるで合わない。刀が気に入ったからといって剣術に興味を示さなかった人間がそう簡単に変われるものだろうか。

「それくらい良い刀に巡り会えたのさ」

ジョセルが答え、リカルドは納得すると同時に微《かす》かな失望も抱いていた。味方だと思っていたジョセルも考え方が刀馬鹿どもの方に傾いている。本当に何がどうなっているのだろうか。

「私も早く自分だけの刀が欲しい。その点はお主が羨《うらや》ましいよ」

羨ましいなどと言われても、現在進行形で刀に振り回されている身としては素直に頷くことは出来なかった。

数日後、ゲルハルトから紹介状を受け取ったリカルドは指定された小屋を訪れていた。刀に名付ける事に大した興味はなかったが、伯爵がお膳立《ぜんだ》てしてくれたお勧めというのは命令と同じようなものである。

「ごめんください、どなたかおられぬか」

ドアを何度かノックすると、中から人の気配が伝わってきた。閂《かんぬき》を外す音がして、若い女が顔を出した。

「はい、どちら様ですか?」

美しい女であった。愛くるしい顔に豊かな胸。古代の芸術家が彫ったのかと思えるほど大きく滑らかな尻《しり》。

結婚してください、と言いそうになるのをなんとか耐えて、自分の役目を思い出し懐から紹介状を取り出した。

「ゲルハルト様の紹介で来た。刀鍛冶どのにお会いしたい」

その女、クラウディアは紹介状を開いて軽く目を通した。彼女は文字が読めるのかとリカルドは少し驚いていた。

リカルドは貴族ではない、聖職者でもない。

この時代、知識階層でなければ文字など読めないのが一般的であった。一応は冒険者として自分の名前をサインすることは出来る、数字も読めなければ報酬を貰《もら》う時に困る。出来るのはそこまでだった。

「どうぞリカルドさん、中へ」

そう言ってクラウディアは家の中へと案内した。

彼女は今、確かにリカルドの名を呼んだ。つまり訳もわからず適当に羊皮紙を眺めたのではなくきちんと内容を理解しているという事だ。

彼女がゲルハルトの言っていた女商人なのだろう。

居間に通されるとリカルドと同じくらいの年齢の男が立ち上がって頭を下げた。

ゲルハルトから刀匠は若い男だと聞いてはいたが、鍛冶屋の親方と言えば長く修行を続けた中年から初老の男というイメージがあったので、こうして見ると信じられない思いであった。

「ルッツくん、こちらゲルハルトさん紹介のお客さんだ。なんとあの妖刀の所有者だそうだよ」

「そうか、あの刀が戻って来たか……」

ルッツとクラウディアが妖刀にどんな思いを抱いているのか、それはリカルドにはわからない。

ただふたりの間に親密な空気が流れているのを読み取り、告白してもいない恋の終わりを痛感した。

「ルッツくんもリカルドさんも座って座って。私が手紙を読み上げるけどいいね？」

ルッツも父の教えによって多少は読み書きが出来るが、得意ではなくちょっとした手紙でも読むのに時間がかかる為《ため》、クラウディアに読み上げてもらう方が早かった。

「ええと、リカルドさんは妖刀の所有者で、つい先日巨大オークと対峙《たいじ》したのだが、なんと刀を向けたらアヘ顔晒して自害しちゃったそうだねえ。怖い怖い」

「アヘ……、え、何だって？」

要約するにしても適当すぎる。ルッツの当然と言えば当然すぎる疑問にリカルドが答えた。

「刀を向けたら性的快楽を感じているような顔をして、斧《おの》を自分の首に叩《たた》き込《こ》んだのだ。……オークのあんな顔は見たくなかった、今でも夢に出てきそうだ」

「緑色豚ヅラマッチョの絶頂アヘ顔噴水出血自殺ショーなんて、そりゃあ誰《だれ》だって見たくないよねえ。ハハハ」

クラウディアの身も蓋《ふた》もない言い方にようやくルッツも理解したようだ。確かに見たくなどない。よくも舌を噛《か》まないものだと妙な感心もしていた。

「本題に入ろうか。リカルドさんは伯爵のお勧めで妖刀に名前を付けに来た。で、いいのだね？」

「そうだ。名前が付けば愛着も湧《わ》くだろうと言われてな」

リカルドはあまり気乗りしない様子で言った。ゲルハルトからはまず刀に感謝しろなどと言われたが、あの光景を見てしまったリカルドにとって妖刀はやはり死を振《ふ》り撒《ま》く不気味な刀でしかない。

愛着などと馬鹿馬鹿しい。正直なところさっさと銘を入れて帰りたかった。

「リカルドさん、刀を抜いた時の幻覚について詳しく教えてくれないかな」

「ああ、それなら……」

刀を抜くとまず甘い香りが漂う事、全裸で血塗《ちまみ》れの女が現れる事、女がぴったり背後に付いて囁《ささや》く事などを語った。そこで振り向けば殺されるだろうという予感についても語った。

リカルドは話しながら頭のおかしい奴だと思われやしないかと心配になったが、ルッツとクラウディアは真剣に聞いていた。共に自傷一歩手前まで経験している。不良騎士のひとりが顔を深く斬ったという話も聞いている。あれはそういう刀だ。魔力が加えられればそんなこともあるだろうと理解していた。

「……血を流す女か。そうだ閃《ひらめ》いた！」

「却下だルッツくん」

ルッツの考えをクラウディアは内容も聞かずに無効とした。

「まだ何も言っていないじゃないか」

「閃き方が最低だ。ルッツくん、品性とは口から流れ出すものだよ」

「むぅ……」

実際ろくでもない考えであったので、ルッツは引き下がらざるを得なかった。

「甘い匂《にお》いのする、女の幻覚か。つまりあの妖刀は女の子ってことなのかな」

などとクラウディアは真剣に考えていた。

またか、とリカルドは目を細めうんざりとしていた。こいつらも刀に人格があるかのように振る舞いやがる。どうなっているのだと。

「花の名前なんかいいな。よし、この妖刀は椿《つばき》と命名しよう」

クラウディアの宣言にルッツもそれでいいと頷《うなず》いた。別に流された訳ではなくルッツもその名をかなり気に入ったようだ。

椿。それは花弁を散らすのではなく丸ごと落ちる花だ。首が落ちると忌避する者がいれば、潔さを愛《め》でる者もいる。

言い換えれば鍔姫《つばき》。強く、妖《あや》しく、美しい刀にはぴったりの名だ。

リカルドは不気味な刀の名前にしては雅《みやび》に過ぎるのではないかとも思ったが、他に案も無いので反対もしなかった。

……椿、そうかお前の名は椿か。

刀を持って口にしてみると悪くない気もしてきた。

「後は俺の仕事だな。刀を渡してくれ」

そう言って立ち上がるルッツをリカルドは信じられないといった眼で見ていた。

「……こいつの恐ろしさは繰り返し話したよな。あんた、精神耐性魔道具とかは持っているのか？」

「いらんいらん、そんなもの。こいつは俺に危害を加えないよ」

「何故《なぜ》そんなことが言いきれる？」

「わかるさ、俺が作った刀だからな」

刀を受け取り気楽に言い放ってルッツは鍛冶場に行ってしまった。

あまりにも危機感が無さすぎるとリカルドは眉《まゆ》をひそめていた。やはり刀を抜いた時に感じる悪寒や、オークが自害した時の恐怖などは説明してわかるようなものではないのか。

「知らんぞ、どうなっても……ッ」

苦々しく呟《つぶや》くリカルドの頭の片隅に、刀を信じきれていないのは自分の方かもしれないという疑念が湧いてきた。それがますますリカルドを苛立《いらだ》たせた。

ルッツは鍛冶場に座り、妖刀の鞘《さや》と柄《つか》を外した。この刀を妖刀と呼ぶのは今日が最後だ。ふわり、と甘い匂いが漂う。それは香水とも焼き菓子とも違う、脳髄まで痺《しび》れそうな甘さだった。

「なるほど、こいつは確かにおっかないな……」

言葉とは裏腹にルッツの口元には笑みが浮かんでいた。怪奇現象に対する恐怖よりも興味が勝る。それが元はと言えば自分から始まったとなればなおさらだ。

道具箱から銘切りたがねを取り出し、小槌《こづち》で刀の茎《なかご》に小さな文字を刻んでいった。コツコツと銘を切る音だけが鍛冶場に響く。それは逆におかしな事でもあった。

まだ昼間である。隣の部屋にはクラウディアとリカルドがいる。外にはロバちゃんもいる。少し離れて川が流れている。何も聞こえないはずがないのだ。しかし、ルッツは静寂の中にいた。これも妖刀の効果なのか。

背後に人の気配を感じた。足音や雰囲気からして女だろう。最初はクラウディアが様子でも見に来たのかと思ったが、どうやらそうではないようだ。

細い指がルッツの首に触れた、後ろからぐっと掴《つか》まれる。いつでも絞め殺せる体勢だ。ここで振り返れば恐らく本当に殺されるだろう。

絞め殺される、というのはあくまでルッツだけの幻覚であり、実際は自分で喉《のど》を突《つ》いたりする事になるのだろうか。

こんな状況でもルッツの心に恐怖感はなかった。自分でも不思議なくらいに落ち着いており、首を掴まれたまま銘を刻み続けていた。

「放り出しておいて、今さら何をと思われるかもしれないが……」

手を休める事なくルッツは背後の何者かに語りかけた。

「君のおかげでクラウディアを助けることが出来て、情を交わすような関係にもなった。その後も彼女には色々と助けられている。他にも色んな人と縁を繋《つな》いで大きな仕事を任せてもらった。俺の人生はあの日から大きく広がったのだと思う」

首に触れた感触はそのままだが、背後の女は力を込めようなどというつもりはなさそうだった。

「君が全《すべ》ての始まりだ、ありがとう」

表情を変えず目線も刀に固定したまま礼を述べた。背後の女は何も答えない。

銘を刻み終えた。椿、ルッツ作。慌ただしい日々の中で刻めぬまま手放したが、今となってはこれが正しい流れであったのだとも思う。

それをロマンと呼ぶか、結果論と呼ぶべきかはわからないが。

「椿、それが君の名前だ」

話しながら刀身の古い油を布で拭《ぬぐ》い、新しい刀油を塗布する。刃紋はあの日と変わらず美しい。

血の色に光る古代文字もこれはこれで美しさに一役買っていると思えた。

鍔《つば》と柄を組み立て刀身を鞘に納めると首にかかっていた指がスッと離れた。気が付けば甘い匂い

も妙な寒気も消えていた。

「何だよリカルドの奴《やつ》、散々脅しやがって」

ルッツは呆《あき》れたように呟き、刀を手にして立ち上がった。

「素直でいい娘《こ》じゃないか、なあ？」


ルッツが居間に入るとリカルドは酷《ひど》く青ざめた顔を向けてきた。

「無事だったか⁉」

「無事も何も、銘を入れただけだぞ」

「普通の剣ならそうだろうがな、その妖刀はどんな悪さをするかわかったもんじゃないだろう」

ルッツは刀を押し付けるように渡してからリカルドを睨《にら》み付けた。

「椿だ、これからはそう呼べ。妖刀じゃない」

「お、おう……」

「やり残した仕事をやっただけなのでお代はいらないよ。ルッツ工房、これにて本日の業務は終了だ。閉店、さあ帰った帰った。またのご来店をそれなりにお待ちしております」

リカルドは背を押され半ば強引に追い出されてしまった。外に出ると同時に、ご丁寧に内から閂までかけられた。

周囲にはのどかな風景が広がっており、暖かい日差しが降り注ぐ。ロバが鳴き、蝶《ちょう》が舞い、川が流れる。今まで居たのは狭間《はざま》の世であったのかと困惑してしまうほどの変化であった。

聞きたい事や話したい事がまだ山ほどあったような気がするが、それが何かと言うと具体的には思い浮かばず仕方なく帰路に就くリカルドであった。

「彼らは上手《うま》くやっていけるかねえ？」

クラウディアが聞くと、ルッツは自分の右手を見ながら答えた。つい先程まで幸せを願って銘を切った手だ。

「名刀は持つべき者の手に渡ったのだと、そう信じたい」

「ルッツくんはドライに見えて、意外にロマンチストだよねえ」

「らしくない、とは思うよ」

と、苦笑で返すルッツであった。

「そうだ、銘と言えばクラウディアの匕首《あいくち》もまだ名前が付いていなかったよな」

「銘ならいらないよ、今ある文字を潰《つぶ》す気はないからね。魔術付与をしたいとも思わない、これが完成形なんだ。名前もこちらで勝手に付けておいた」

「……何と付けた？」

「ラブレター、と。良い名前だろう？」

得意気に答えるクラウディアに対してルッツは目を泳がせた。

「名刀ラブレター、ハートを貫く殺し文句か。素敵だな、俺の羞恥《しゅうち》心《しん》をガリガリ削ってくる事に目をつぶれば。この先、一生同じネタで弄《いじ》られそうな気がする」

ルッツが暗い声で言うと、クラウディアはわざとらしくピュウと口笛を吹いた。

「おやおや、私と一生一緒に居てくれるのかい？」

今の言葉をそう解釈するのかと思ったが、よくよく考えればルッツに不都合な点は何もない。

「……君さえ良ければ、一緒にいたい」

「ふぅン、ならばそうしてもらっちゃおうかなあ」

口調こそふざけているが、その瞳《ひとみ》には愛情と幸福感が宿っていた。

……俺は、この笑顔に逆らえない。

今からでもリカルドの背を追いかけて言ってやりたかった。幻覚の女など、現実の女に比べれば大して怖くはないのだと。


リカルドは不機嫌であった。

ここ最近、あの刀は良いものだからもっと大事にしろと多くの者から言われるが、呪《のろ》いの恐怖に晒《さら》されるのは自分であって彼らではない。

安全な位置から無責任に好き勝手言いやがってというのが素直な感想である。

さらに腹立たしいのは気に入らない呪いの刀を万が一に備えて持ち歩かなければならないという事だ。前回のオーク討伐で妖刀がなければどうなっていたか、後になってじっくり考えても突破口が見つからなかった。自分の頭が巨大な斧で割られる光景を想像し、ぶるりと身を震わせた。

そういった事情があり、リカルドは二刀流の使い手というわけでもないのにいつも武器を二本持ち歩いていた。正直なところ、重い。それがまた腹立たしい。

刀は持ち歩くが絶対に使う気はない、などと決意しておきながら使わねばならぬ場面はすぐにやって来た。

今回の討伐対象は人里に現れた人狼《じんろう》だ。

伯爵領内には魔物が湧き出る迷宮があり流民や犯罪者がよくそこへ逃げ込むのだが、何日も何ヶ月も迷宮の瘴気《しょうき》に当てられていると心身が魔物に変化する事がある。この人狼もそうした相手であった。

近隣住民の報告では人狼が一体森に潜んでおり、畑を荒らし家畜を拐《かどわ》かしていくのだと。

一体だけならとリカルドもひとりで討伐に来たのだが、これは油断であった。

鋭い爪と牙《きば》を持ち、森の中を風のように素早く動きまわる人狼は強敵であったが、勇者リカルドは動きを完全に捉《とら》えていた。

襲いかかる人狼の腕を下段の構えから振り上げ斬り飛ばし、その勢いで胸を袈裟《けさ》斬りにした。

殺《や》った。そう確信した瞬間、人狼は肺腑《はいふ》から絞り出すような遠吠《とおぼ》えをした。

遠吠えが森の中を木霊《こだま》する。元が人間であっただけに表情が豊かであり、仰向《あおむ》けに倒れた人狼は、ざまあみろとでも言っているかのようであった。

やがてがさがさと木々が揺れる音がした。人ではない、獣ではない何かが近付いてきた。新たな人狼だ。それは後から後から現れて、ついにリカルドは五体の人狼に囲まれる事となった。

一体ずつの五連戦ならば勝つ自信がある。しかし五体同時となれば話が違う。誰《だれ》か一体と戦っている間に後ろから狙《ねら》われたのでは対処が難しい。

姿を見え隠れさせながら人狼は徐々に包囲を狭めて来た。一斉に飛びかかられる前に決断しなければならない。

「テメェら全員くたばりやがれ！」

半ば自棄《やけ》になって妖刀を構えた。一番近くにいた人狼が笑いながら爪を振り上げる。そして爪を自らの顔に突き立てた。

人狼の顔に穴が空き盛大に鮮血が吹き出すが、まだ終わりではない。そのまま爪を一気に下ろし、顔面が大きく抉《えぐ》れた。右半分は眼球がこぼれ落ちる程に抉れ、左半分は恍惚《こうこつ》の笑みを浮かべている。苦痛と快楽の狭間で人狼は命を絶った。

二番目に近くにいた人狼が己の腹を爪で裂き、正気を失って笑いながら腸《はらわた》を引きずり出していた。まるで内臓を吐き出す度に快楽が得られるかのような動きだ。

リカルドは敵ながら彼らが哀れになった。こんな死に方は命に対する侮辱ではないだろうか。

この刀は強いか弱いかで語れば間違いなく強い。最高の職人たちが技術を惜しみなくつぎ込んだ逸品だ。

しかし、善か悪かと問えば後者に属するのではなかろうか。こんな物を使っていると教会に知られたらどうなるのか。最悪、火炙《ひあぶ》りにだってされかねない。

やはりこの妖刀は手放した方がいいだろう。人と刀の区別も付かぬ変人のロマンに付き合ってなどいられない。

二体の人狼は逃げてくれたようでリカルドは少し安心した。しかし、最後の一体が立ちはだかる。

顔を赤らめ、息を荒くしている。足元がふらついているというよりも、内股《うちまた》を擦《こす》り合わせているように見えた。快楽に抗《あらが》いながらじりじりと近付いて来た。しかし、その動きは精彩を欠く。

「ぐぅおおおッ！」

人狼は雄叫《おたけ》びをあげて襲いかかるが、リカルドにはまるでスローモーションのように見えた。

リカルドは落ち着いて一歩踏み出し、真正面から幹竹割《からたけわ》りにした。一閃《いっせん》、人狼の身体《からだ》は左右に分かれて崩れ落ちた。

凄《すさ》まじい、あまりにも凄まじい切れ味である。これを自分がやったのかと信じられぬ思いであり、リカルドは興奮していた。

「凄《すご》いな、これは……ッ」

呪いの発生源としてだけでなく、純粋に刀としても超一級品であった。

自慢したかった、誰かと語り合いたかった。呪いで死んだ二体はともかく、斬り伏せた人狼の切り口を見てもらいたかった。

その時、背後に人の気配を感じてつい振り返ってしまった。

「ねえ、ちょっとこれ見て……」

そこに居たのは血塗《ちまみ》れの、全裸の女であった。

「あ……」

浮かれてとんでもないことをしてしまった。これからどうすれば良いのかもわからない。自分も快楽の海で溺死《できし》させられるのだろうか。

恐怖を感じながらもリカルドは女から目を離せなかった。顔を覆うほど長い前髪、艶《つや》のある黒髪の隙間《すきま》から覗《のぞ》く瞳が濡《ぬ》れたように光っている。

今まで見てきた何よりも、太陽よりも宝石よりも美しい瞳だ。我を忘れてじっと見つめるリカルド。やがて女は顔を逸《そ》らして、スッと景色《けしき》に溶け込むように消えてしまった。

「ちょっ、待ってくれ！」

手を伸ばすがそこにはもう誰もいない。

刀を納め、また抜刀するのを繰り返すが女は出て来なかった。刀から魔力と気配は感じるので、本当にいなくなってしまった訳ではあるまい。

「椿……」

リカルドは刀を抱いて呟《つぶや》いた。

胸の高鳴りは疲労や恐怖以外の何かであると、そう気付いたのは城に帰る途中であった。

ゲルハルトは廊下を歩きながら後悔していた、リカルドを理不尽な理由で叱《しか》りつけてしまったと。

彼はゲルハルトの部下ではない、弟子でもない。伯爵に仕える対等の関係である。それを一方的にトゲのある言い方で文句を付けたのでは喧嘩《けんか》を売っていると取られても仕方のない事であった。

自分は年上だから偉い、などと言えるほど立派な生き方をしてきたつもりもない。反面教師ですらお断りだ。恥と後悔にまみれた人生を教材として紐解《ひもと》かれるなど恐怖でしかなかった。

武器を粗末に扱ったから死んだ者、武器に入れ込みすぎて手放せずに死んだ者、ゲルハルトはどちらも数多く見てきた。武器とどう向き合うかなど本人の好みに過ぎず押し付けるようなものではない。

間違った事を言ったつもりはないが、個人的な部分にまで踏み込みすぎてしまった。

かといって、今さら『言いすぎちゃってごめんね』などと言えるような関係でもなかった。褒美として渡された剣に失望したあの顔は、多分一生忘れないだろう。

謝るつもりはないがさりげなく優しくしてやってもいいだろうと考えていると、そのリカルドが向かって来るのが見えた。

「おうリカルド、人狼退治ご苦労であったな」

「ゲルハルト様もご機嫌麗しく」

リカルドの反応にぎこちなさはない。気にしているのは自分だけかとなんだか馬鹿らしくなってきたが、優しくするのはケジメのようなもので続行する事にした。

「ああ、その、何だ。もしもあの妖刀が気に入らぬというのであれば、わしが買い取ってもいいぞ。もしくはルッツどのに頼んでもう少し大人《おとな》しい奴を作ってもらうか」

するとリカルドは薄暗い廊下でもハッキリわかるくらいに目を見開き、刀を庇《かば》うように右肩を出して半身になった。

「椿は俺の愛刀です、誰にも渡しませんッ！」

などと怒鳴って、のしのしと大股《おおまた》で謁見《えつけん》の間に向かって行った。

「誰だよ、椿って……」

ゲルハルトは、『最近の若い者は』などという言葉を使うことを出来る限り避けてきたが、今だけは言いたかった。

わからない。あの若僧の考えていることがまるでわからない。


人狼討伐から数日後、リカルドはルッツの工房を訪ねていた。愛刀のメンテナンスの為《ため》である。

しかし刀を受け取って鍛冶《かじ》場に入ったルッツは僅《わず》か十分程で居間に戻って来た。

「何も問題は無い」

「んん？」

「めくれ、刃こぼれ等は一切ない。血で濡れただろうから一応、刀油は新しく塗り直しておいた。それくらいだな」

「かなり無茶な斬り方をしたんだが……」

「これくらいの刀になるとな、思い切って振った方が負担が少ないもんさ。よほど綺麗《きれい》に入ったのだろう」

ルッツは真っ二つにされた人狼の死骸《しがい》を見ていないはずだ。それでもこんな風に褒めてもらえてリカルドは嬉《うれ》しくもあり、気恥ずかしくもあった。

ルッツは刀を渡してからクラウディアの隣に座った。

「それで、振り向いても殺されなかったって話だったな。前回銘を入れた時も、今回刃《は》を確かめている時も俺は背後からビンビン殺気を感じていたものだが」

「リカルドさんは刀に所有者として認められたって事なのかねえ」

クラウディアの言葉にリカルドは満足そうに頷《うなず》いていた。

……おかしい、この男は妖刀に対して嫌悪感を抱いていたのではなかったか。

それが今や刀を褒められれば嬉しそうに笑い、刀を見る目は優しさに満ちている。何がどうなればここまで変わるのかと首を捻《ひね》るルッツたちであった。

「刀を使いこなしているようで結構だが、いくつか問題点も見えてきたな」

「……何を言っている、椿は完璧《かんぺき》だ」

斬ってよし、呪ってよし、何が問題なのかとリカルドは怪訝《けげん》な目を向けた。

「完璧だから問題なんだ。リカルド、こいつにあまり頼りすぎるとアンタ弱くなるぜ」

刀を向ければ敵が勝手に自滅していく、そんなことを繰り返していればいつか戦いそのものを舐《な》めるようになり、戦い方を忘れてしまうだろう。

あくまで切り札、敵に囲まれた時などに使うべきであって、一対一ならば普通に戦った方が良いと忠告した。

「それともうひとつ」

「まだあるのか……?」

「ひとりで戦っているのではなく、味方が近くに居た場合はどうなるかという話だ。俺の考えでは恐らく……」

ルッツは手刀で首をトントンと叩《たた》く真似《まね》をしてみせた。

「俺は基本的にソロだからあまり気にしなくてもいいとは思うが、まあ覚えておこう」

「伯爵が出掛けるときに護衛を頼まれたりはしないのか?」

「ああ……、たまにあるなあ」

リカルドは天井を見上げて嘆息した。敵も味方も自害して自分だけが生き残りました、というのでは護衛の意味などありはしない。責任を取ってリカルドが自害する羽目になるなど悪趣味すぎる冗談だ。

特に最近は伯爵が刀に興味を持ち出し、リカルドに剣友として仲間意識を感じているようなので以前よりも気楽に呼び出されるかもしれない。

護衛任務という絶対に負けられない、自分ひとりで逃げられもしない戦いで切り札が使えないとはなんという矛盾であろうか。

「使う方法がない訳でもないねえ」

「何だって？」

クラウディアの言葉にリカルドはがばっと顔を上げた。

「今まで聞いた話からすると、自害に追い込む効果範囲みたいなのがあるんじゃないかな。オークは取り巻きたちが普通に逃げた、人狼は二体が逃げ出した訳だし」

「なるほど、俺が敵を引き付けて遠くに離れれば使えない事もないか」

「効果範囲を正しく理解していればより使いやすくなるんじゃないかな。あるいは椿ちゃんともっと仲良くなれば、狙《ねら》った相手だけを自害させるなんて事も出来るようになるかもしれない」

「それだクラウディア、それだ！」

リカルドは興奮して立ち上がった。

以前はこの妖刀を嫌悪していたが、今では愛していると言って憚《はばか》らない。以前は刀を抜く度に自分も死の恐怖を味わってきたのだが、今では椿が自分を害するとは思えない。ふたりの仲は確実に進展しているのだ。

もっと絆《きずな》を深めれば出来ることも増えていくだろう。ああ、なんと甘美な夢であろうか。

「俺はまだ、椿に対して知らないことばかりだ。早速だが効果範囲について調べてこよう！」

高笑いをしながら飛び出すリカルド。後に残されたふたりはただ、頭に疑問符を浮かべるしかなかった。

「刀によって変わってしまったのか、あるいは本性をさらけ出しただけなのか。どっちだろうねえ」

「後者じゃないのか。ゲルハルトさんの知り合いだし」

「なるほど、最低の説得力だよ」

ルッツは窓の外へと顔を出し、リカルドの背を探すがとっくに見えなくなっていた。

「刀は持つべき者の手に、か……」

その呟きは誰《だれ》の耳にも届かず、風の中に散った。


リカルドは人狼《じんろう》と戦った森へとやって来た。

付近の集落の者たちには、

「その後、人狼が現れてはいないかと様子を見に来ました。いえいえ、これも伯爵預かりの勇者としての務めですから、ハハハ」

などと笑ってみせて感謝する人々から一夜の宿と夕食を頂いたりしたが、彼の目的は他にあった。

翌朝早くに出発し、戦いの跡を探し出した。

人狼の死骸は野犬や狸《たぬき》に食い荒らされたが、骨だけは残っていた。真っ二つにした死骸は骨だけになっても特徴的である。

「俺が立っていたのがここで、自害した奴《やつ》がここ。逃げ出した奴らがいたのはここらへんか……」

持ってきた麻縄を引っ張り距離を測ると効果範囲は五メートル前後だとわかった。弓で狙われては少し厳しい距離である。逆に考えれば狭くて曲がりくねった迷宮内では無敵ではなかろうか。

あるいはクラウディアの言ったように椿と絆を深めれば効果範囲を自在に操れたり、遠くの敵一体に狙《ねら》いを定めて自害させるといった事も出来るかもしれない。

「俺たちにはまだまだ伸び代がある。この力を極めた時が完璧勇者の誕生だ！」

いつの間にか、勇者という肩書きを重荷に感じなくなっていた。

椿の事が好き、そんな自分がもっともっと好きになれそうだった。

第六章　鉄と共に生き　鉄を抱いて倒れ

「おいゲルハルト、いるかッ⁉」

　夏の暑さも落ち着いてきた穏やかなある日、ノックというより殴打に近い訪問が静寂を破った。城内の付呪術《ふじゅじゅつ》工房で読書をしていたゲルハルトは面倒臭そうに顔を上げた。

　誠に遺憾ながら知り合いである。この街の鍛冶屋の親方、名をボルビスという。

　別に頼んだ訳ではないが向こうが親方自ら出てきたというのであればこちらも弟子に対応させる訳にもいかなかった。面倒だがそうした礼儀を疎《おろそ》かにすると後々厄介になる。自分の全く与《あずか》り知らぬところで、あいつは図に乗っていると噂《うわさ》が流れるのだ。

　実に面倒だ、とゲルハルトは眉間《みけん》に皺《しわ》を寄せた。

　戸を開くとそこには全身日焼けした髭《ひげ》ヅラの老人が立っていた。その足元に重そうな木箱が置いてある。

「よう、ご注文の短剣十本。出来立てほやほやだ」

「ご苦労さん。ジョセル、中に運んでくれ」

「はい」

　弟子に声をかけてからゲルハルトは財布を取り出した。

「金貨十枚だ、確かめてくれ」

代金を渡すとボルビスは軽く数えてから懐に入れた。これで話はおしまいだ、戸を閉めたかったのだが何故《なぜ》かボルビスはその場を動こうとしなかった。

「……なんだ、帰れよ」

「なあゲルハルト。短剣もいいけどよ、次の献上品の作製依頼はいつになるんだ。そろそろ必要になってくる頃《ころ》だろう？　勇者どのも何度か手柄を立てたって聞くぞ」

ボルビスは焦っているような、媚《こ》びるような表情を浮かべていた。鍛冶師にとって献上品を扱うというのは最高の名誉であり、金銭的にも美味《おい》しい仕事だ。自分こそが伯爵領で一番の鍛冶師であるという自負にも繋《つな》がっていた。

それが突然、プツリと途絶えたのである。ボルビスが不安に駆られるのも無理からぬ事であった。

「勇者どのは最近手に入れた刀に夢中だ。当分新たな武器は必要とせぬだろうな」

ゲルハルトは興味が無いとばかりに冷たく言った。

「当分って、いつまでだよ？」

「さあな、わしに分かる訳がなかろう。十年先か二十年先か、あるいはあの刀と一生添い遂げるかもなあ。それくらい刀にぞっこんよ」

「こっちは切羽詰まっているんだぞ、何を無責任な事を……ッ！」

「責任、責任か。ふん、貴様こそ勘違いするな。褒美だ献上だというのは貴様の為にやっている訳ではないぞ。必要がないから注文をせぬ、それだけの事だ」

ゲルハルトの言葉に、ボルビスは反論する気力も失ってしまったようだ。

「もう帰れ。それとも不審者として追い出されたいか。今なら騎士を呼ぶ必要すらないぞ」

「……すまなかった、今日はもう帰ろう。最後にひとつだけ教えてくれ、あの短剣は何に使うつもりで注文したんだ？」

「弟子の訓練用だ、付呪術のな」

「そんな事の為《ため》に……ッ？」

ボルビスは驚愕《きょうがく》に目を見開いていた。心血注いで打った武器が、ただの訓練用だという。場合によっては魔力の流れを制御出来ずに壊されてしまうだろう。

そんな事の為に、という言葉がいつまでも頭の中でぐるぐると回っていた。気が付けば強引に押し出され戸は閉められてしまっていた。

懐に手をやって金貨の感触を確かめる。何か大切なものを売り渡してしまったような漠然とした不安を抱えながらボルビスは背を丸めて踵《きびす》を返した。

「ボルビスどのとは長いお付き合いで？」

戸に閂《かんぬき》をかけたジョセルが振り向いて言った。

「腐れ縁という奴だな。決して腕が悪いわけではないのだが……」

ゲルハルトは木箱を開けて中の短剣を確かめると、その顔に失望の色を浮かべた。ジョセルも反対側に回って箱を覗《のぞ》き込む。

「なんと、実に見事な彫刻ですな」

ジョセルが感嘆の声を漏らす。

鞘《さや》も柄《つか》も豪華な銀の装飾が施されていた。小さな宝石まで埋め込まれている。この作風に見覚えがあった。恐らく鬼哭刀《きこくとう》の装飾を頼んだのと同じ装飾師、パトリックの作であろう。

「短剣一本、金貨一枚で採算が取れるのでしょうか」

「無理だな。少なく見積もっても一本金貨三枚。商売を考えるならば十枚は取らねば足が出るだろう。あの、馬鹿が……」

ゲルハルトはボルビスの焦りと哀《かな》しみを理解し、吐き捨てるように呟《つぶや》いた。

少しでも伯爵に気に入ってもらい次の仕事に繋げようと採算を度外視した物を作ったのだろう。

それが伯爵の目に留まるどころか付呪術の練習用、いわば消耗品として扱われるのだと知った彼の失望はどれ程のものであろうか。

ゲルハルトは短剣を掴《つか》み刃《やいば》の出来を確かめた。とても丁寧に作られている、強度も申し分ない。

ただ、それだけだ。

「ワクワクせんなあ……」

「ワクワク、でございますか」

師の奇妙な言い方にジョセルは首を傾《かし》げた。

「鬼哭刀を振った時の事を思い出せ。いつまでも振っていたいというのは、ただの剣では味わえぬ感覚であろう」

「確かに」

「極端な言い方をすれば、人を斬りたくならない剣は剣ではない」

「……それはさすがに言い過ぎかと」

「そうかそうか、言い過ぎたか。ハッハッハ……」

ゲルハルトは笑いながら短剣をしまい、また表情を引き締めた。

「あやつの事を語るのに、わしも恥を晒《さら》さねばならぬな……」

椅子に座ってしばし考え込んだ。どう切り出すべきか言葉を探しているようだ。

「ジョセルよ、お主は伝説の剣という物をどう考える？」

「……え？」

あまりにも漠然とした質問に戸惑うジョセルであった。

「別に難しい話がしたい訳ではない、こちらが用意した答えに合わないからといって怒ったりもせぬ。なんとなく連想したイメージを語ってくれれば良い」

「それならば。ロマンがあるな、と」

「ロマンか。確かにロマンを感じる言葉だ。しかし……」

ゲルハルトは窓の外に目をやった。その視線は中庭よりもさらに遠くを見ているようでもあった。

「職人たるもの、ロマン以上の何かを感じるべきではないと思う」

師の意図を掴めぬジョセルは黙って聞く事にした。


職人の技術というものは常に前へ前へ、上へ上へと進まなければならない。

数百年も前に作られた剣が現代の剣より勝っているなどあるはずはないし、決して認めてはならぬことだ。そんな簡単なロジックがロマンという言葉ひとつで塗りつぶされ、人の目を曇らせる。

もう四十年も前になるか。わしは三人の仲間と共に聖剣を求めて迷宮に挑む冒険者であった。

何年もかけて迷宮に繰り返し潜った。聖剣さえ手に入れればありとあらゆる名誉が転がり込むと信じておったよ。誰もそんなことを保証してくれた訳でもないのにな。

もう何度目かもわからぬ挑戦で、わしらは最深部にたどり着く事が出来た。

道中はとにかく運が良くて、何もかもが上手《うま》く噛《か》み合っていたように思えた。二度とこのような幸運は起こらないであろう、今回を逃せば次はいつ最深部に来られるかわからない。だから何としてもこれで突破しなければならないと、誰もがそう考えるようになった。

最も危険な罠《わな》とは幸運の中に仕込まれているものだな。危なくなったら逃げるという、冒険者として当然の選択肢を自ら外してしまったのだ。

宝を守るように巨大な魔物が現れた。初めて見るタイプであり、当然適切な対処法などわからん。勇敢に戦ったと言えば聞こえは良いが、要するに欲に目がくらんでいたのだな。魔物は倒したが仲間ふたりが犠牲になった。彼らの無惨な死体を見て、ようやく浅はかな真似《まね》をしてしまったのだと理解したよ。

……まあ、そんな反省も一瞬の事だった。死んでいった者たちの為にもと、もっともらしい事を言いながら宝箱に手を掛けたとき、わしらは仲間の事など忘れていた。

最高の剣が、最強の力が手に入る。ありとあらゆる富と名誉が自分の手に転がり込むのだと、そう信じて開けた宝箱に入っていたのは……、青銅の剣であった。

聖剣に恋い焦がれ、何よりも大事であったはずの仲間ふたりを犠牲にして、人間性すら置き去りにしたその結果が青銅の剣だ。

古文書に書いてあったことは間違いではないのだろうな。石斧《いしおの》や棍棒《こんぼう》で戦っていた時代ならば、青銅の剣を持つ勇者が無双の働きをしたというのも頷《うなず》ける話だ。だがそれは所詮《しょせん》数百年前の事、現代の戦場で鉄の剣と撃ち合えば折れるし、鉄の鎧《よろい》を貫くことも出来まいよ。技術の進歩とはそうしたものだ。

あまりの悔しさに聖剣をその場で叩《たた》き折り、わしらは迷宮を後にした。

聖剣を見つけたと冒険同業者組合《ギルド》に報告はしておらん。そうと知らない馬鹿が迷宮に挑み続けるかもしれんがもう知った事ではない、どうでもよかった。

薄々気付いているだろうが生き残ったもうひとりがボルビスだ。わしらは冒険者を辞めた。続ける資格もないと思った。

第二の人生、素晴らしい武器は自ら作り出すしかないと思い定め、わしは付呪術師に弟子入りし、ボルビスの奴《やつ》は鍛冶屋《かじや》の戸を叩いたのだ。


「……いかんな、つい喋《しゃべ》りすぎたわ」

「いえ、その、大変参考になりました」

良い話でした、などと言おうとして慌てて軌道修正するジョセルであった。

「今日はもう帰ってよいぞ。明日から本格的に魔術付与の訓練に入るとしようかい」

「お師様……」

「昔を思い出したせいかな、しばしひとりになりたいのだ」

そう言われては反論も出来ず、また明日と言い残してジョセルは去った。

静寂が戻った工房でゲルハルトはまた短剣を取り出しじっと見つめていた。

ボルビスは本当に腕の良い鍛冶師だ。ゲルハルトが取引を続けていたのはかつての仲間を贔屓《ひいき》していたからではない。あくまで彼が伯爵領で一番の鍛冶師と信じていたからこそだ。

しかしボルビスが鍛冶屋の親方となってから十年、その技術は全く進歩していなかった。親方の地位を守る事、それが彼の全《すべ》てとなっていた。

「たわけが……」

そう呟くゲルハルトの声は哀しみに彩られていた。

納得出来なかった。出来るはずもなかった。認めてしまうのは己の半生を全否定するようなものである。

狭い業界であり噂が流れてくるのは早い。伯爵が新しい剣に夢中になっていると聞いた、勇者が新たな武器で大活躍しているとも聞いた。どちらも自分の関わっていない仕事だ。

ボルビスは鍛冶同業者組合の会合で献上品の作者について他の親方衆に聞いて回ったが誰《だれ》も知らないとの事だった。そんな腕の良い職人を抱えていたら自慢するに決まっているのだから知らないと言うのであれば本当に知らないのだろう。

原材料の分配、騎士団や大商家からの注文の割り当てなどを話し合っている時にボルビスは周囲から視線が突き刺さるのを感じていた。

それは憐《あわ》れみの目であった。伯爵への献上品を一手に担っていたのに、いつの間にやら見知らぬ相手に仕事を奪われた可哀想《かわいそう》な男だと。

……ふざけるな、献上品に関わったこともない連中に見下される謂《いわ》れはない。

突如としてボルビスの胸に鋭い痛みが走り、脂汗を流してうずくまった。

「ボルビスさん、どうしました？」

隣の男が社交辞令のような心配を口にした。

「大丈夫だ、問題ない」

「そうですか」

男はあっさりと引き下がった。一応心配はした、後はどうなろうが拒絶したボルビス自身の責任だと言いたいのだろう。

ここ数年の間にこうして心臓に痛みが走るようになった。そして年々、間隔は短くなっている。

俺を憐れむな。俺を見下すな。俺の人生を否定するな。

痛みと憎悪の中でボルビスは呪詛《じゅそ》の言葉を繰り返していた。


翌日、ボルビスは装飾師の工房を訪れていた。

装飾師パトリックは最近、金銭的に美味しく職人としてやりがいのある仕事が続いたせいか上機嫌であった。

「やあやあやあボルビスさん、本日は何のご用で?」

「献上品の剣について聞きたくてな」

「あれですか、あれは良かった。凄《すご》く良かった。あんな可愛《かわい》い子のドレスを作らせてもらえて金までもらえるんだから最高の仕事でしたねえ。正直興奮しました」

パトリックは恍惚《こうこつ》とした表情を浮かべるが、彼の特殊性癖には付き合っていられないとばかりにボルビスは話を先に進めた。

「剣に作者名などは入っていなかったか?」

「ダメダメ、ボルビスさん。そういうのは守秘義務とかプライバシーとかであんまり言いふらすようなものじゃあないでしょ」

渋るパトリックの前でボルビスはテーブルに銀貨をばら蒔《ま》いてみせた。

「職人として話を聞いてみたいだけだ」

「それはそれは、熱心な事で」

パトリックは銀貨一枚を摘《つ》まみ上げて口角を吊《つ》り上《あ》げた。ここ十数年、ボルビスの腕が上がりも下がりもしていないことは知っている。交流ではなく嫉妬《しっと》の対象を探しているのだと予想は出来たが、それはパトリックには何の関係もない話だ。特に銀貨の前では。

「銘なら刻んでありましたよ。剣の名前は鬼哭刀、作者の名前はルッツだそうで」

「ルッツ……。やはり聞いたことの無い名前だな」

「じゃあ壁の外にいるんじゃないですか」

「外、城壁の外だって⁉　同業者組合に参加していない、モグリの鍛冶屋だ。正規の教育を受けていない、ろくな設備も揃《そろ》っていない、そんな賎民《せんみん》どもにまともな武器など作れるものか。悪趣味な冗談も大概にしろ！」

憤るボルビスであったが、パトリックが返すのは冷笑のみであった。

「その同業者組合が問題なのですよ。ねえボルビスさん、同業者組合の存在意義とは何ですか？」

「何を今さら……。お前だって貴金属細工職人として組合に所属しているだろう」

同業者組合にも職種ごとの格付けというものがあり、高価な物を扱うほどにその地位は高くなった。同じ親方でもパトリックはボルビスよりも一段上の身分である。そんな男が同業者組合の存在理由を聞くなど、今さら何をとしか言いようがなかった。

「いいから答えてくださいよ。組合は何のために存在しているか」

「原材料の公正な分配、流通の安定、職人の保護と教育だ」

渋々といった感じで答えるボルビスであった。会話の途中で意味不明なクイズを出されるほど苛《いら》立《だ》つ事はない。

「そうですね。炭や鉄があっちで足りず、こっちで余るといったことのないように分配する、これは大事です、わかります。釘《くぎ》や蹄鉄《ていてつ》が街の中で不足しないよう在庫を管理し、各工房に仕事を割り当てるというのもまた重要です。しかし、最後の項目には疑問が残りますね」

「……何が気に入らない？」

「職人の保護ではなく、親方を保護するための制度になってはいないかという事です」

同業者組合制度において親方になれる人数には限りがある。故に、その地位を脅かすほど優秀な職人は時として邪魔になるのだ。

親方たちは己の権限を使って自分の地位を守り続けた。何でもかんでも秘伝、秘法と言って技術を教えるのを渋った。修行の旅に出ろと言って何年も外に放り出す遍歴職人制度を悪用した。

「……技術の流出を止めるのは当然だろう。技術が盗まれればその工房の優位性は崩れ、結局は工房の職人たちを路頭に迷わせることになる」

ボルビスは秘密主義であることの説明をしたが、これにもパトリックは首を横に振った。

「守るのは結構ですが、身内の育成まで阻んでどうするんですか。それと遍歴職人制度がまるで噛み合っていません。技術を守るというのであれば余所《よそ》からのこのこやって来た赤の他人に肝心な技術を教える訳がありませんからね。何処《どこ》へ行っても門前払いか下男扱いされるのがオチで。貴方《あなた》にだって経験はあるでしょう。何か少しでも勉強になりましたか、あれは？」

「世の中クソだっていう人生経験が得られただけだな」

「素晴らしい、実に貴重な体験だ。もっとも、そんな体験をする機会は他に腐るほどあるのでわざわざ用意していただかなくても結構ですが」

パトリックは銀貨を一ヶ所に集めてから声を低くして言った。

「……話が逸《そ》れましたね。つまりボルビスさんは親方の地位を守ることだけを考えて、技術を磨こうとはしなかった。だから伯爵にもゲルハルトさんにも飽きられたのではないですか」

「知った風な事を、俺だって努力はしてきた！」

「弟子の育成もろくにやっていないでしょう。ボルビス工房が世間から何て言われているか知っていますか？　あそこに入っても先はない、職人の墓場だと」

「そんなことはない……。俺は職人たちに食事も、給料も、技術も全て与えてきたつもりだ……」

また胸がキリキリと痛み出した。それが持病によるものか、心の痛みなのかよくわからない。

「そうですか。では私の勘違いでしたね。ボルビス工房はこれからも安泰。いやあ、良かった実に良かった」

パトリックは興味を失《な》くしたように言った。わざわざボルビスを不快にさせるような事は言いたくなかったのだが、銀貨を受け取ったからには真剣に向き合わねばならぬと心を鬼にして現実を突きつけたのだが本人がそれを受け取らないのであれば仕方がない。

納得などしていない、見捨てられたのだ。ボルビスにもそれはよくわかった。

成長していない、弟子も育てていない。二本の刺《とげ》がいつまでも胸に突き刺さったままであった。


ボルビスは工房に戻ると一番の実力者と見込んだ弟子を呼び出した。

「持てる技術の全てを注ぎ込んで一振りの剣を作れ」

「何か大事な仕事でしょうか。それなら俺がやってよいのかと……」

「親方の昇進試験の、まあ、前段階みたいなものだ。テストしてやる」

弟子の顔がパッと明るくなった。彼ももう若くはない。このまま職人として飼い殺しにされると覚悟していたのだが、ようやく親方への道が開けてきたのだ。

「最高の一振りをお見せします！」

弟子は肩を震わせて鍛冶場へと向かって行った。その背には頼もしさと同時に、不安定な危うさがあった。


数日後、ボルビスの前に一本の長剣が差し出された。

ボルビスはそれを見た瞬間、膝《ひざ》から崩れ落ちた。頬が熱い、何故《なぜ》か。自分が泣いているのだとしばらく経《た》ってからようやく気付いた。

「あの、親方……？」

その反応が良いものか悪いものか判断できず弟子は戸惑っていた。泣くほど感動している、という訳ではなさそうだ。

剣はとても出来が良かった。ただそれだけだ。

言うなれば優等生が教師に叱《しか》られない事だけを目的として作った作品。全て規格通り、何の個性も面白味も無い、尖《とが》った鉄棒。

この弟子は自分の劣化コピーだ。自分の人生を否定し続けていたのは、他ならぬ自分自身だと今になってようやく思い知らされた。

「すまない。今まで本当にすまなかった……」

うわごとのように繰り返すボルビスだが、弟子には何の事やらわからなかった。

「これから俺の持つ技術の全てをお前に教える。それから改めて剣を打ち、次の定例会で提出しよう。予《あらかじ》めゲルハルトに口添えしてもらい、伯爵のお墨付きを頂ければ親方の譲渡も問題なく行えるはずだ」

「は、はいッ！」

弟子は有頂天であったが、ボルビスにはその姿がもう眼《め》に入っていなかった。

全ての責任を果たしたらまた一から鍛冶を学び直したかった。

ゲルハルトにルッツという男を紹介してもらい、教えを乞《こ》えれば最高だ。失われた十年を取り戻したかった。

この瞬間、ボルビスは確かに鍛冶屋であった。


人生何事も初めてというものがある。ジョセルは短剣を使った付呪術《ふじゅじゅつ》の実践訓練を始めていた。

一本目は流れる魔力が強すぎて刃《やいば》が砕けてしまった。高価な短剣も宝石もゴミになってしまったが師であるゲルハルトは少しも怒りはしなかった。

それどころか指差してゲラゲラと笑っていた。

「それそれ、その失敗な。最初は誰でもやるんだよ」

と言って、短剣と宝石であったものを屑箱《くずばこ》に放り込んだ。少々芝居がかっているようにも見えたが、これも付呪術師がいちいち損害を気にしたりするなという師の教えの一環なのだろう。

金額いくらの宝石であったとしても、儀式が終わればただのゴミだ。

二本目は流す魔力量が少な過ぎて刻んだ文字がぼんやり光るだけの短剣が出来上がった。

ゲルハルトは少し不機嫌な様子で、

「ビビるな。怯《おび》えて縮こまったらその程度の付呪術師にしかなれんぞ」

と厳しく言った。

今、三本目が出来上がりゲルハルトは布の切れ端に短剣を押し付けていた。

五秒、六秒、七秒。ボッと小さな音がして火がついた。

「おっとと……」

ゲルハルトは慌てて布を振って火を消した。そしてニィっと満面の笑みをジョセルに向ける。

「やりおったなジョセル。火属性の短剣の出来上がりだ」

「はい、ありがとうございますお師様！　もっとも火がつくのがこうも遅くては戦闘に使えそうもありませんが……」

「簡単に火をつけられる道具というのは便利なものだ。欲しがる冒険者はいくらでもおるぞ。汎用《はんよう》性の高さでは火が一番だ」

「そこまで見越しての火属性付与でございましたか」

「相場は金貨十五枚くらいかな」

「はい、……あれ？」

短剣の仕入れ、宝石や水銀などの材料費を考えれば上手《うま》くいったところでトントンであり儲《もう》けが出なかった。ジョセルの拍子抜けした顔から言いたい事を察したゲルハルトは豪快に笑ってみせた。

「付呪術で儲けようとすれば、もうふたつみっつカラクリを挟む必要があるのだ」

「カラクリ、ですか」

「仕入れの仕方とか、商人との付き合い方とかな。今はそんな事を考えずともよろしい。まずは短剣の一字刻みを確実に成功させられるようになれ」

「はい、お師様」

「今日はこの辺にしておこう、帰ってよいぞ。わしはこの後、客を迎えねばならぬのでな。別にこちらから呼んだ訳ではないが……」

心底面倒である。ゲルハルトの表情がそれを雄弁に語っていた。


「悪いな、度々押し掛けて」

「まったくだ。儲け話以外で人の手を煩わせないでもらいたいな」

ボルビスはまったく悪びれぬ顔で言い、ゲルハルトも遠慮なく言い返した。

硬い干し肉をツマミにビールを呷《あお》る。まるで冒険者時代に戻ったかのような食事だ。

「それにしても、随分とあっさり親方職を手放したものじゃないか」

「……固執し過ぎたんだ。本来ならもっと早くに譲っても良かった」

親方になれば何でも自由に行える。だから親方を目指していたというのに、いざ親方となればその地位を守る事だけが仕事のようになっていた。

十年まるで成長していない。それを仲間から指摘され、自分自身も認めてしまったのではもう親方ではいられなかった。この肩書きは自分にとって足枷《あしかせ》でしかなかったのだ。

「鍛冶場《かじば》のひとつを自由に使わせろって条件でな、弟子に工房を譲ってやった訳だ」

「そりゃまた弟子には迷惑な話だ」

笑いながらゲルハルトはビールを呷る。ボルビスもジョッキに口を付けるが、あまり減ってはいなかった。

「で、今度はどんな面倒事を頼むつもりだ?」

ゲルハルトが目を細めて聞くと、ボルビスは少し困ったような顔で答えた。

「ルッツという男を紹介してもらいたい」

「ルッツどのを、何でだ?」

ゲルハルトは警戒心を表に出した。

ルッツは最高の武器を作り出すために絶対必要な人材である。それを鍛冶同業者組合に身柄を確保される、あるいは危害を加えられたのではたまったものではない。

「待て、もう同業者組合は何も関係ない。俺が個人的に教えを乞いたいだけなのだ」

「いきなり押し掛けて技術を教えてもらえるとでも?」

「代わりに俺の持つ技術の全《すべ》てを教えよう。それならば少しは興味を持ってもらえるんじゃあないかな」

ルッツが刀鍛冶の技術をどのように学んだかは知らないが正規の修行を受けた訳ではないだろう。この国の武具作製技術が学べるとなれば食いつく可能性は十分にあった。

「……わかった。ダメで元々、一度頼んでみようかい」

「もうちょっと勇ましい言葉が聞きたいもんだな」

「一応言っておくが、ルッツどのはかなり若いぞ。今さら若造に頭を下げて教えて下さいとお願い出来るか？」

「それこそ今さらだ。俺たちの人生はずっとそんな事の繰り返しだろう」

ふたりとも職人の世界に入ったのが二十半ばを過ぎての事である。年下の先輩に怒鳴られ、殴られながら修行に耐えてきた。それが彼らの原点だ。

もっとも、あまりいじめが酷《ひど》いようであれば路地裏に呼び出して『お話』していたのだが。

「そうだな、それだけの覚悟があるならもう何も言わん。わしも一緒に行って頼んでやる」

「助かる」

ふたりはしばし黙って酒を飲み続けた。やがてゲルハルトはふと思い付いたように言った。

「この一件が落ち着いたら、あいつらの墓参りにでも行ってみないか」

あいつらというのが四十年も前に死なせてしまった仲間たちの事だと理解するのに、ボルビスは数秒の時を要した。

「あいつらの墓なんてないだろ。まさか迷宮の最深部に行って花でも供えようってのか」

「そのまさかだよ」

あまりにも馬鹿げた話だ。冒険者を引退して四十年、歳《とし》を重ねて六十半ば。昼飯に誘うような気楽さで凶悪な魔物が蔓延《はびこ》る迷宮に誘うなど、残暑の熱気で頭がどうかしてしまったとしか思えない。常識的に考えればあり得ない話だが、今のボルビスにはどこか魅力的にも感じられた。様々な挑戦をすることがたまらなく楽しいのだ。

「いっその事、自作の武器を宝箱に入れてくるか。青銅の剣より喜ばれるだろ」

「あんまり良すぎる物を作るなよ。手放すのが惜しくなるからな」

ふたりは顔を見合わせゲラゲラと笑っていた。

遠いあの日に戻ったような楽しい一夜であった。

「いいですよ」

ルッツの返答は実にあっさりとしたものであった。あまりにもあっさりとし過ぎていて本当に話を理解しているのかどうか不安になるくらいであった。

今、ルッツの工房にはゲルハルトとボルビス、ルッツとクラウディアの四人が揃《そろ》っている。

「ルッツどの、本当によろしいのか。この取引は独自の技術を流出させる事にもなりかねないが」

ゲルハルトが不安げに聞くとルッツは手をひらひらと振って笑ってみせた。

「話を持ちかけた側がそんな事言い出してどうするんですか」

「それはまあ、そうだが……」

「独自の技術なんか持っていても、城壁内で商売の出来ない身ですから独占することにあまり意味がないんですよね。それと……」

「何だろうか」

「刀の作り方が広まったところで俺が一番であることに変わりはありませんから」

と、ルッツは堂々と言ってのけた。そこに傲慢《ごうまん》さは感じられない。あるのは実績に裏打ちされた自信のみである。

「どうか、よろしくお願いいたします」

ボルビスが頭を下げて、ルッツも深くお辞儀した。

こうしてルッツたちは鍛冶場へ行き、そこで解説付きで刀作りを実践してみせる事となった。

熱した玉鋼《たまはがね》を叩《たた》いて平たい板にして水で冷やし、それを小割にする。割った板を積み重ねてまた赤々と熱し、ひとつの塊とする。叩いて不純物を弾《はじ》き出しながらたがねで切れ目を入れて折り返し、また叩く。

ボルビスには見るもの全てが新鮮であった。目の前で鉄に命が吹き込まれていく。こうして他人の仕事をじっくり見るというのも何年ぶりだろうか。

解説しながら、そして見られながらの作業であまり集中出来ず、仕上がった刀はそこそこの物であった。それでも新しい技術との出会いにボルビスは満足していた。

後日、ボルビスの工房にルッツを招き洋剣の作製を実践してみせて技術交流は終了した。

「どうだ、参考になったか?」

ゲルハルトが聞くと、ボルビスは眼を妖《あや》しく光らせて答えた。

「面白い、実に面白い技術だ。職人の人生に退屈などしている暇はないものだな」

「そうだな。ただ良い物と出会えず燻《くすぶ》ってしまう事はある。わしも、お前もな」

「それもきっと必要な期間だったのさ。燻った後に激しく燃えるためのな。遠回りだったかもしれない、だが無駄な事など何もなかった。俺は今、天と地と神と俺とでひとつになっていると感じているよ！」

興奮しすぎてテンションがおかしい。こういう時の友人を下手《へた》に刺激してはいけないと、ゲルハルトは経験から黙っていることにした。

「それにしてもあの若いの、作り方を教えたってどうせ自分が一番だとは言ってくれるじゃないか」

「まあ、実際に名刀を作り続けてきた訳だからな。自信過剰は見苦しいが、実力に見合ったものならばそれは威厳と言うのだ」

「なんだよ若い奴《やつ》を褒めちぎりやがって。もっとジジイらしく嫌みのひとつも言ったらどうだ。最近の若い者は、とかさ」

「わしは若い連中の事が結構好きだからな。未来を繋《つな》いでくれる愛《いと》しい存在だぞ」

「俺も弟子をしっかり育てていりゃあそんな台詞《せりふ》が吐けたのかねえ。親方職を譲りはしたものの、別にあいつは可愛《かわい》くも何ともねえや」

「酷い師匠がいたもんだ」

ゲルハルトは肩を揺すって笑い、ボルビスも釣られて笑い出した。

「……歳くってからもやりたい事が次から次へと溢《あふ》れて来る。多分、俺は幸せなんだろうな」

そう語るボルビスの横顔に寂しげな陰が落ちたように見えた。口にしてしまえばそれが現実になるような気がして、ゲルハルトは何も言えなかった。

それからしばらくボルビスは工房に籠《こも》り続けた。鍛冶場の設備に手を加え、刀作製にも対応できるようにした。

一本目、ただの鉄の塊にしかならなかった。

二本目、鉄の棒が出来ただけだった。

三本目、形にはなったが焼き入れに失敗し刀身がひび割れてしまった。

わからない事があればすぐにルッツの所へ聞きに行った。ボルビスの熱意に圧《お》されたか、ルッツも答えられる事は惜し気もなく教えてやった。

四本目、決して出来が良いとは言えないが初めて刀と呼べる物を作り上げることが出来た。

確かに刀作製の経験ではルッツに遠く及ばない。しかし、自分には何十年も鉄に触れ続けて来た経験がある。ルッツと同じものは出来ないだろう。だが自分の持ち味を活《い》かした刀は作れるはずだ。

五本目の作製に取りかかった。鉄を打つ呼吸というものがわかってきた。

飛び散る火花に心奪われ、恍惚《こうこつ》とした空間で、これは傑作が出来上がるという予感が湧いてきた。

この瞬間こそ一流の職人だけが感じられる愉悦である。

早く傑作が見たい、名刀に出会いたい。そんな思いで鎚《つち》を振るう手が速くなる。

「ぐっ、うぅ……ッ！」

突如、心臓を貫くような激痛が走りボルビスは胸を押さえてうずくまった。

……大丈夫、大丈夫だ。こうして大人しくしていれば痛みはやがて引いていくはずだ。

しかし今日に限ってなかなか治まらず、痛みが心臓を抉《えぐ》り続けた。

「ごふ、ごほ……ッ」

激しく何度も咳《せ》き込む。大きく咳《せき》をした拍子に胸の中で何かが破けるような感覚があった。

右手を見ると喀血《かっけつ》でべったりと塗《まみ》れていた。自分はもう死ぬのだ、それがハッキリとわかった。

しかし何故《なぜ》今なのだ。

まだ人生最高の一振りを作り上げてはいない。やりたい事を見つけたばかりではないか。

「神よ、どうか俺の人生を否定しないでください。もう少し、もう少しだけ時間を……ッ」

いや、時間ならば十分にあったのではないか。親方としてその地位にしがみついていた、無駄な時間を過ごしていた罰がこれなのか。

悔しさと苦しさに涙を滲《にじ》ませながら、床に転がった刀に手を伸ばす。

作りかけの刀に指先が触れた瞬間、全てを理解した。違う、これで完成なのだ。自分は何事も成せずに死ぬわけではない、役目を終えて去るだけなのだと。

「ゲルハルト、ルッツどの、後は頼む。これが俺たちの求めた、せい、け……」

どさり、とボルビスの老体が崩れ落ちた。死に顔に痛みも後悔もなく、満足げな笑みだけが浮かんでいた。


ボルビスの葬儀が終わると、ゲルハルトはそのままルッツの工房へと向かった。

テーブルの上に置かれた作りかけの刀にルッツは首を傾《かし》げた。

「これは？」

「奴は刀を打っている最中に死んだ。別に捨ててしまっても良かったのだが、あの野郎はこいつを大事そうに抱いて倒れていたそうでな。なんとなく気になって、貰《もら》って来てしまったのだよ」

「ボルビスさんの工房の方々からは何か言われなかったのですか」

ルッツが聞くと、ゲルハルトはつまらなそうに鼻をフンと鳴らした。

「処分してくれるならば大歓迎、といった態度だったたな。前の親方の匂《にお》いなどさっさと消して工房を自分色に染めたいのだろう。後継者の心理とはそうしたものだ」

「それは、なんとも……」

眉間《みけん》に皺《しわ》を寄せるルッツに、ゲルハルトは首を横に振ってみせた。

「工房の連中が特別冷たいなどとは思わんでくれ。端から見る限りボルビスの奴も良い親方ではなかった。ろくに物を教えずこき使っていただけなら、そりゃあ人望も得られまい。上手《うま》く絆《きずな》を育めなかった、これはその結果だ」

「ゲルハルトさんがこうして作りかけの刀を保護したのも、ボルビスさんの生き方の結果ですか」

「……そうだな。わしにとっては良い友人であった。いや、思えば面倒事ばかり押し付けられていたような気もするが、まあ良い友人だったたのかな」

微笑《ほほえ》みながら何度も頷《うなず》くゲルハルトを見て、本当に良い友人だったのだろうと確信するルッツであった。そして恐らくボルビスも同じ事を言っただろう、あいつには面倒ばかり押しつけられたと。

「それで今日はルッツどのに頼みがあって来たのだ」

「この刀を完成させろ、と？」

「話が早くて助かる。やれるだろうか？」

ルッツは作りかけの刀を持ってじっくりと眺めた。

「もう八割方出来ていますね。後は焼き入れと研ぎが残っているだけです。刀の良《よ》し悪《あ》しは結局、研いでみないとわからないところがあるのでまだ何とも言えません。仕上げ代は金貨一枚、いかがですか」

ゲルハルトは財布から金貨を取り出しパチリと音を立ててテーブルに置いた。名刀かなまくらかもわからない刀の仕上げの為《ため》に、迷う事もなく。

「明日の昼過ぎには仕上げておきます」

ルッツは金貨をポケットにしまい、刀を手にして鍛冶場《かじば》に向かった。ゲルハルトも勝手知ったる他人の家とばかりに、案内も受けずにそのまま帰った。

ボルビスという男の思い出話などをしようとは思わなかった。あの刀に全ての答えがある、職人同士の会話などそれでいい。

刀身に土を盛る。刃の部分には薄く、峰の部分には厚くといったように違いを付ければ、炉に入れた時に刀身へ伝わる温度も違ってくる。

この温度差が刀身に反りを生み、刃紋を浮き上がらせるのだ。

土を盛った刀身を高熱の炉に入れて、十分に熱した後に水に浸ける。刀に強度を付けるために必要な工程であり下手をすれば刃が割れてしまうため、経験とカンが必要な作業であった。

それをルッツは無事にやってのけた。ここで刀を破壊してはボルビスにもゲルハルトにも合わせる顔がない。

「第一段階、突破だな……」

ルッツは台所へ向かい湯冷まし水を貪《むさぼ》るように飲んだ。熱と緊張で喉《のど》が渇ききっており、二リットル近く飲んでようやく落ち着いた。

気を静めてから研ぎに入った。

濡《ぬ》らした荒砥《あらと》の上で刀を前後に擦《こす》った。刃紋が浮き出て輝きが増していく。

……ひょっとして、これはかなりの名刀なのではなかろうか。老人たちのノスタルジーに付き合うつもりで受けた仕事だが、風向きが変わってきたな。

ボルビスは刀作りに関しては初心者である。しかし、武器製作という意味ではルッツよりもずっと大ベテランであった。そうした彼の経歴が、無骨なれど名刀という形で表現されたのか。

荒砥から目の細かい砥石に切り替え、また研いでいく。

芸術的な美しさはない。イメージとしてはまさに鉄塊。刀の形をした斧《おの》。こいつを振り下ろせばなんだって斬れる、そう思わせる力強い刀であった。


「これがあいつの打った刀か……」

ゲルハルトは出来上がった刀を前に染々《しみじみ》と呟《つぶや》いた。未完成の鉄棒をここまで立派に仕上げてくれたルッツの腕に改めて感心し、感謝もしていた。

「気に入った、銘も付けてくれぬか」

正面に座るルッツ、ではなくその隣のクラウディアに語りかけた。

「私が付けてよろしいのですか。ボルビスさんという人の事をあまり知りませんが」

と、クラウディアが遠慮がちに聞いた。

「刀をぱっと見て思い付いたような名前でよい」

ゲルハルトは名前を考えるのはあまり得意ではなく、ルッツに至ってはネーミングセンスを母親の腹の中に置き忘れたのかと思えるほど壊滅的である。今までの経験からクラウディアならば信用出来た。

「それでは……」

クラウディアは刀を手に取った。ずしり、と手の中に重さが伝わってくる。鈍く光る刀身をしばらく眺め、そして思い付いた。

「一鉄《いってつ》、という名はどうでしょう」

「ふむ、どういった意味かな」

「ただひたすら鉄の持つ力を追い求めた、そうした刀であると」

鉄と共に生きた、あいつの人生をそう評してくれるのか。ゲルハルトに異存は無い。一鉄、それがあいつの墓碑銘だ。

その後、ルッツに『一鉄、ボルビス』と銘を刻んで貰ってから工房を後にした。

刀には切れ味強化の魔法を刻んだ。質実剛健こそがこの刀の本質であると考え、属性付与などあまり余計なことをしたくなかったからだ。

鞘《さや》や柄《つか》もルッツに頼んだ地味な黒塗りである。

ゲルハルトはこの刀を己の佩刀《はいとう》として持ち歩いていたが、正直なところ少し重い。茎尻《なかごじり》を削って少し短くしようとも思ったがそれをやるとなんだかボルビスに負けたような気がしてやらなかったのだった。

『おっ、やっぱりジジイには重すぎたか』

などと言ってにやにやと笑うボルビスの顔が容易に想像できた。

こうなったら自分の身体《からだ》を刀に合わせるしかない。ゲルハルトは半ばムキになって身体を鍛え直していた。現役の冒険者時代はこれくらいの重さの剣を振るっていたはずだ、ならば今出来ない道理はない。

パンとワインと干し肉をバスケットに入れて、森に出掛けて刀を振るった。

一日目は少し素振りしただけで全身が痛くなったものだが、二日、三日と繰り返すうちに身体が馴染《なじ》んできた。

自分の身体がまだ冒険者であったことを忘れていない、それが少しだけ嬉《うれ》しくもあった。


ある日、森の中を歩いていると大きな岩を見つけた。普段ならば何て事のないただの岩である。邪魔ならば迂回《うかい》すればよいだけの話だ。

……これ、斬れるんじゃないか。

魔が差したというのか、ふとおかしな事を考えてしまった。刀というのは岩を斬るための道具ではない。こんな物を叩《たた》けば刃が欠けるか、最悪の場合ふたつに折れてしまうだろう。

岩を砕きたければ隙間《すきま》に楔《くさび》を打ち込んでハンマーで叩くか、焚《た》き火《び》で十分に熱してから水をかけて温度差で割るなどそれくらい大がかりな作業が必要なのだ。刀でスパッと斬れるようなものではない。

無理だ、無謀だ、無意味だ。頭ではわかっているのにゲルハルトは刀を抜いて上段に構え、じりじりと大岩へにじり寄った。

「仕方がないだろう、やれそうな気がしちゃったんだからさ……」

言い訳にもなっていない言い訳を口にしながらゲルハルトは岩をじっと見ていた。

やがて岩の弱点、脆《もろ》い部分が見えてきた。ここを打てば斬れるのではないか。

「てぇいッ！」

気合一閃《いっせん》。ゲルハルトは刀を振り下ろし、それから数歩引いた。岩は見事に割られ刀は刃こぼれひとつしていなかった。

「これが俺たちの聖剣だ。なあ、ボルビス……」

老剣士の呟きに答える者はおらず、ただ木々のざわめきだけが聞こえていた。

四十年追い求めた、その答えが手の中にある。

第七章　人斬り包丁

ルッツは折れた刀をじっと見つめていた。

テーブルの上に置かれた、中央部分で真っ二つに折れた刀だ。柄付きの刃と先端の刃、その間を行き来するルッツの瞳《ひとみ》はどこか悲しげでもあった。

「おはようルッツくん！」

奥の部屋から出て来たクラウディアは朝から元気よく、何故か全裸であった。豊かな乳房と張りのある肌、どこに視線を置けばいいのかとルッツは悩んでしまった。

「……服くらい着てくれ」

「おやおや、ルッツくんはもう見慣れているだろう？　昨晩散々弄《もてあそ》んでおいてよく言うものだねえ」

「誰《だれ》かに見られるかもしれないだろう。ゲルハルトさんが顔を出すかもしれないし、近所の奴《やつ》らが研ぎを頼みに来るかもしれない」

「ふふン、そうかそうか。俺だけのヴィーナスでいてくれと、君はそう言いたい訳だね？」

「間違ってはいないが、そこまでは言っていない」

「安易な否定から入らない所は評価しようじゃないか」

全裸の女は笑いながら寝室へと入り、しばらくするとロングスカートの女商人が現れた。

少し惜しいことをした。ルッツはそんなことを考えてしまうのであった。自分が特別どうしようもない奴なのか、それともこれが男のサガか。

「それでルッツくんは朝から何を難しい顔をしているのかな。刀、刀だねえ。折れているけど」

ルッツの後ろから覗《のぞ》き込むクラウディアが早口で捲《まく》し立《た》てた。

「父の形見だ」

「ふぅン……」

わかったようなわからないような顔でクラウディアは向かい側に座った。

「触れてみてもいいかい？」

「構わないが気を付けてな。こいつは恐ろしく切れるぞ」

この男は何を言っているのだろうか。クラウディアは商人として、ルッツのパートナーとして数多くの武器を扱ってきた。今さら刀で自分を傷付けるようなヘマをする訳がない。

甘く見られているのだろうかと、少々不満気味に手を伸ばす。

「痛ッ！」

指先に鋭い痛みが走り思わず手を引っ込めた。

クラウディアは信じられないといった顔で折れた刀とルッツを交互に見比べた。おかしい、不注意で指を怪我《けが》した訳ではない。何故《なぜ》ならまだ触ってもいなかったからだ。

指先を見るが切れてはいない。徐々に薄れゆく、脈打つような痛みだけが本物だ。

ルッツは淡々と語った。

「こいつはあまりにも鋭すぎてな。近付いただけで斬られたと錯覚してしまう刀なんだ」

「そんな……」

そんな馬鹿な、と言おうとしてクラウディアは口を閉じた。妖《あや》しげな力を持った刀ならば今までいくつも見てきたではないか。自分で舌を真っ二つにしようとしたのがつい数ヶ月前の話だ。

「これがそういう刀だと理解して、心をしっかり持っていれば痛みを感じる事もない。そうでなくては持つことすら出来やしないしな」

「初見殺しでも十分に強いさ。同じ相手と真剣で戦う機会なんてそうそうないからね。訳のわからぬ痛みで戸惑ったりうずくまったりした相手をバッサリやるだけの簡単なお仕事だ」

クラウディアは妖しい光を放つ刀に目を落とした。この刃《やいば》に触れれば本当に、簡単に斬れてしまうだろうという事は容易に想像できた。

斬れて当然、斬られて当たり前。そんな考えが斬られるイメージに直結してしまうのだろうか。本能に訴えかけるような強制力を持って。

「完全な姿で残っていればガチで国宝級じゃないかい、これ？」

「あるいは悪魔の剣として教会に没収されて、封印されるかだな」

「そこで破壊とか廃棄をしないところがいかにも教会だねえ」

「貴重品に難癖を付けて自分の物にしようっていうのは奴らのお家芸だからなあ」

ふたりは顔を見合わせて力なく笑った。それは己の無力さに対する自嘲《じちょう》でもあった。教会だけではない。騎士団や同業者組合《ギルド》など、あからさまな腐敗を目にしながら何も出来ず、その枠組みの中でしか生きていけないのだ。

なればこそ、身を寄せあって生きてくれる相手のなんとありがたいことか。

「さて、そうなると次に湧いてくる疑問は当然、何故折れているのかって事だねえ」

「一応、その辺も父に聞いてはいるが……」

と、ルッツは口ごもった。強大な魔物と一騎討ちの末に折れたとか、そういった名誉ある話ではないらしい。

「聞かせておくれよ、気になるじゃないか。ルッツくんのパパなら私のパパみたいなもんだろう。私にも聞く権利くらいあるはずだよ」

「そうかな？　……そうかもな」

「十人くらい同時に孕《はら》ませて地元から逃げ出したとか、そういう話じゃないだろう？」

「さすがにそこまで恥ずかしい話じゃない。……まあ、せっかくだから聞いてもらおうか」

ルッツは折れた刀の柄を掴《つか》んで刀身に己の顔を映した。痛みこそ感じないが危険な物を持っているような感覚、火の付いた火薬を抱いているような気分になってきた。少し息苦しい。

全《すべ》て父から聞いた話だが、と前置きしてからルッツはぽつぽつと話し始めた。

「俺の父、ルーファスは流れ者じゃなかった。城塞《じょうさい》都市の中に家を持ち、れっきとした市民権があり、鍛冶屋《かじや》の同業者組合に参加していた。どこぞの鍛冶屋の職人として働き、その中でもかなり腕がよかったらしい」

腕がよかったという証拠はここにある。恐らく、親方の地位を脅かすほどの存在だったのではなかろうか。

「ある日、遍歴職人として旅に出ろと言われたそうだ」

「ああ……」

何かを察したようにクラウディアは頷《うなず》いた。

遍歴職人とは職人が親方への昇級試験を受ける前に諸国を旅して技術と人格を磨くための制度である。と、いうのは建前であってその実、厄介払いの意味合いが強い。

親方は定員制でありその地位に上れる数は限られているのだ。腕のよい職人は欲しいが腕のよすぎる職人など邪魔なだけである。首輪の外れた奴隷《どれい》ほど扱いづらい者はない。

半ば強引に鍛冶場を追い出されたルーファスは近場の街で居候をして肩身の狭い思いをするよりは、いっそのこと海を渡って新しい技術を身に付けようと考えたのだった。

「そこで本当に行動しちゃうとは、なかなかにファンタスティックな人だねえ」

「地位にしがみついて邪魔ばかりする老人たちに対する反発もあったのだろうがな。そんな行動力の化身だ、海の向こうの東の国でも上手《うま》い事やっていたらしい」

各地で自分の持つ技術を教え、代わりに刀鍛冶を教わった。ルーファスは刀の魅力に取《と》り憑《つ》かれ、通常は数年で修行を終わらせる所をなんと十年以上も東の国に滞在していた。

彼は祖国に帰って来た。しかし、所属していた鍛冶屋に戻る事はなかった。旧体制の鍛冶屋では自分の好きなように刀を打つことなど出来ないと考えたのだった。

城壁の外に小さな工房を構え刀を打ち続けた。斧《おの》や包丁の研ぎ、鍋《なべ》の修理、馬の蹄鉄《ていてつ》などを作って生業《なりわい》としていた。大手の鍛冶屋に所属していた頃《ころ》に比べて収入は激減したが、それでも彼は幸せだった。

それからまた何年も、何年も刀を打ち続け、面白い武器を作る者がいると武器マニアの間で評判になった。やがて侯爵に刀を献上する機会を得たのだった。

「なんかさらっと流しているが物凄《ものすご》い事ではないのかい?」

「並々ならぬ苦労があったのだろうが父はその辺の事を、色々あった、としか言わなくてさ。あまり苦労話とかは好きじゃなかったんだろうな」

昔を懐かしみながらルッツはまた話を続けた。

献上する為《ため》に作ったのがこの鋭さを極限まで追求した刀であった。

侯爵家の中庭で、十数人の貴族に囲まれながらルーファスは刀の切れ味を披露した。石を斬った。鎧《よろい》を斬った。丸太を斬った。その度に歓声が上がりルーファスは得意の絶頂であった。

自分こそ社会の枠組みに収まらぬ天下一の刀匠なのだと。薄汚い工房で腕を磨くよりも権力争いに必死な俗物どもとは違うのだと。

お披露目会も終わろうかというその時、侯爵の息子が言い出した。私も斬ってみたいと。

嫌な予感がしたが断れる理由がなかった。これは侯爵に献上する刀だ、その侯爵がよいと言っているのであればルーファスに口出しする権利はない。

どら息子の構えは所謂《いわゆる》へっぴり腰であった。基本も何もあったものではない。それでいて本人は何故か自信満々だ。剣術の稽古《けいこ》をしていると言ったが、それは単に周囲の人間が褒めて、褒めて褒めちぎるだけの儀式だったのだろう。

刀は鎧に力任せに叩きつけられ、そして折れた。

鋭さとは言い換えれば薄さでもある。切れ味のみを追求した刀はそれだけ耐久性を犠牲にしていたのだ。対象へ垂直に立てた時、刀は最大の攻撃力を発揮する。それが少しでもずれてしまえば威力は半減し、刀身へと負担がかかる。

恥をかかされた息子は顔を真《ま》っ赤《か》にしてルーファスを罵《ののし》った。なまくら、鉄屑《てつくず》、ペテン師。取り巻きたちも主《あるじ》の息子に追従し、歓声は罵声《ばせい》に変わって浴びせられた。

違う、そうではない、この刀は本当に素晴らしい切れ味なのだ。

反論したかったが出来なかった。侯爵に向かって、お前の息子がヘボなんだとは言えなかった。

結局、一言の反論も許されぬままルーファスは侯爵領を追放された。折れた刃がどら息子に傷でも付けていれば追放どころでは済まなかっただろうからそれだけは不幸中の幸いであった。

この幸運がルーファスにとって救いであったかどうかはわからないが。

「失意のうちに流れ流れて、父は母と出会い、俺が産まれたって訳だ」

「それでパパさんは持っている技術を全てひとり息子に惜しげもなく叩《たた》き込《こ》んだと」

「そうだ。だが父は俺に対して仇《かたき》を取って欲しいとも、どんな鍛冶屋になれとも言わなかった。教えられる事は全て教えたから、後はお前の好きなように打てと。それだけだよ」

ルーファスは世間に対して何も期待していなかった。期待もされたくはなかった。厭世《えんせい》的と言うよりも虚無的な目をすることがよくあったとルッツは思い出していた。

「父は病床で言った。あの刀は実用性を考えず、使い手の事も考えずに作った、薄っぺらい俺の人生そのものだと。それで父からは俺が死んだら適当に処分してくれと頼まれたのだが……」

「ここにあるという事は、パパさんの遺言には従わなかった訳だね」

「ああ、俺はこの刀を失敗作の一語で済ませたくはなかった。挑戦的な作品で、それが裏目に出てしまったが素晴らしい刀であることは間違いないんだ」

ルーファスだって自分で捨てようと思えばいつでも捨てられたはずだ。それをしなかったのは、この刀を否定しきれなかったという事ではないだろうか。

「父には申し訳ないが最強の刀とは、最高の刀とは何だろうかと考える時にこいつを出して眺める事にしているのさ」

言いながらルッツは折れた刀の上下を丁寧に布で包《くる》み、収納箱へとしまった。その動作には敬意がこもっており、失敗作への扱いではない。

「話が長引いたな、飯にしよう。ちょっとした小金持ちだからな、魚の塩漬けなんかもスープにどばっと入れちまうか」

竈《かまど》に向かうルッツの背を、クラウディアは目を細めて眺めていた。

「男の誇り、職人のこだわりとは実に面倒なものだねえ。私にとって最高の刀はもう既にあるのだけれど……」

服の上から懐の匕首《あいくち》を撫《な》でる。それがもう、クラウディアの癖になっていた。


夏も終わり、蒸し暑さも過ぎたというのにその日の夜は寝付けなかった。

ルッツはただぼんやりと天井を見上げていた。これといった光源が無くとも闇《やみ》の中で目を開けていればそのうち慣れるものだ。

「何を悩んでいるんだい」

隣で裸体を押し付けて眠るクラウディアを起こさぬよう、あまり身じろぎもしていなかったつもりだが気配が伝わったのかいつの間にか彼女も目を開いていた。

闇の中で光る優しさのこもった瞳が身震いするほどに美しい。

「……ボルビスさんの打った刀の事を考えていた」

「ルッツくんが仕上げをした奴《やつ》だねえ」

「そう、それだ。研ぎ上げた刀を見た時に見入ってしまったほどだ」

お世辞にも美しいとは言えなかった。ただ、斬る事を突き詰めた機能性にルッツの心は一瞬奪われたのだった。

刀のあるべき姿、その答えのひとつでもあった。

「失礼な物言いだが、正直なところボルビスさんがあそこまでやるとは思わなかった。刀作りに関して俺が負けるはずはない、ともね」

「ボルビスさんがたった一本名刀を打ったとして、それがルッツくんの負けという事にはならないだろう？」

惚《ほ》れた男が自分を卑下していることが気に入らないのか、クラウディアは唇を尖《とが》らせて言った。

彼女にとってルッツこそが大陸最高の刀鍛冶である。そうでなくては気が済まない。ボルビスの刀も見た、確かに見事な出来映えだった。しかしそれがルッツの打った椿《つばき》や鬼哭刀《きこくとう》に勝るとまでは思わなかった。

「そうなんだけどな。何ていうか、ボルビスさんは本職の刀鍛冶ではなかった。それでもあれほどの物を作り上げた。こうなったら俺も一流の剣を作ってみせねば不公平ではないかと思う訳だよ」

刀の作り方を教える対価としてボルビスには剣の作り方を見せて貰《もら》った。今となってはあれは職人としての挑戦状であったのではないかとすら思えてくる。

俺はお前の土俵で勝負をしてみせた、お前に出来るのか、と。

「それで、今度は剣を作ろうと言うのだね」

「すまない、また金にならない事ばかりをする」

「いいさ。いつだって私たちには遠回りに見える事が一番大事な道だった。そうだろう？」

クラウディアは裸身をルッツの上に覆い被《かぶ》せ、微笑《ほほえ》みながら唇を塞《ふさ》いだ。


翌日からルッツはしばらく砂鉄集めに奔走した。次から次へと入る仕事をこなすうちに砂鉄を使い切っていたのだ。

街の同業者組合員たちのように炭や鉄を業者がごめんくださいと持って来てくれるわけではない。全て自ら調達せねばならぬのであった。

炭は近所の炭焼きたちから購《あがな》うとして、砂鉄集めは自身でやらねばならない。作業しながら考え事をしたい今のルッツにとっては悪い仕事ではなかった。

「さて、どんな剣を作ろうかね……」

刀ならば様々な形が思い浮かぶが、剣となるとさっぱりである。暗中で手探りしているようなものだ。

出来ない、とは言えなかった。専門外の物を立派に作ってみせるというのはボルビスが見事にやってのけたのだ。ならば自分に出来ない道理はなく、出来なければ負けたという事になる。

「これが技術を流した代償か。いやまったく、老人の言葉には耳を傾けるべきだなあ」

文句を言いながらもルッツの口元は笑っていた。誰《だれ》かに対抗意識を燃やすなど、自分ひとりで世界が完結していたルッツには新鮮な体験であった。

己の中の嫉妬《しっと》心や対抗心、焦燥心を弄《もてあそ》ぶのが楽しくもあった。

刀は基本的に片刃で両手持ちだ。洋剣は両刃《もろは》であり、持ち方は用途によって様々である。鞘《さや》からどう抜くかもまるで違ってくる。何となくで作るのではなく、何の為に振るう剣かをしっかりとイメージしなければ良い物は作れそうになかった。

まだ日は傾いていないがロバの背に乗せられる量にも限界はある。砂鉄集めはそこそこで切り上げてルッツは帰路に就いた。

今回の剣作製は少々長引きそうである。

工房に戻るとすぐにクラウディアが夕食を用意してくれた。黒パン、野菜スープにビールという質素なものである。

とはいえ、街で肉など購おうとしても腐りかけしか手に入らないのでこれはこれで十分であった。ふたりで食事をする、大事なのはその一点だけだ。

「クラウ、誰かぶった斬りたい相手はいるかい」

スープを啜《すす》りながらルッツが言うと、クラウディアは首を傾《かし》げた。

「……なんだい、食事中にいきなり」

「剣を作るのに目的が欲しいんだ。実際に使うかどうかは別として、良い感じのイメージが必要だ。たとえばそう、君の手元に殺人許可証があったとしよう。誰に使いたい？」

こうなるとクラウディアも図太いもので食事中だからという理由で話を拒みはしなかった。

「そうなるとやっぱり、騎士団の穀潰《ごくつぶ》しどもかねえ」

表情ひとつ変えずに当然だとばかりに言い放った。冤罪《えんざい》で捕らえられた恨みは毛ほども薄れていないようだ。

「ひとりで詰め所に乗り込むとして、室内戦だから短めの方がいいよな。片手持ちで、突きも払いも出来るのが良い。打ち合いに負けぬよう、刃は厚めがいいかな……」

ルッツは脳内で不良騎士どもの喉《のど》を突《つ》き、腕を斬り飛ばした。何度も自分が殺されて、また武器の形状を変えて乗り込むというのを繰り返す。

己の死体が十体ほど積み上がった所でようやく奴らを全滅させるのに相応《ふさわ》しい剣が見えてきた。

「……うん、なるほど。ありがとうクラウディア、これで面白い剣が作れそうだ。他の職人と交流して新たな刺激を得るというのは大事だなあ」

「ルッツくん、一応言っておくが本当に襲撃などしてはいけないよ」

「おいおい、何を言っているんだ。当たり前だろう?」

「目が少し怖かったものでねえ。この国の法律では相手が馬鹿だから殺しましたというのは通用しないらしい」

「わかった、気を付けよう」

剣も刀も人殺しの道具であり、入れ込みすぎると心が引きずられて本当に斬りたくなるかもしれない。クラウディアの忠告を素直に受け入れようと決めたルッツであった。

それはそれとして新たな剣を作るのも楽しみだという、刀鍛冶とはどうしようもない人種であった。

刀とは人を斬るための道具である。その程度の事は常に心がけているつもりだったが、具体的に誰それを殺すことが目的で剣を打ったのは初めての経験だ。しかもそれは魔物ではなく人間であり、同じ国の騎士だ。実行すればたちまちお尋ね者である。いや、こんな物を持っているという時点で立場が怪しくなってくる。

さらにタチの悪い事にルッツが打った剣は恐ろしく出来が良かった。大先輩の鍛冶屋《かじや》が見事に死に花を咲かせ傑作を残したのだ、ここで応《こた》えねば恥ずかしくって二度と刀匠などと名乗れないと勝手に気合を入れて、三日三晩鍛冶場に籠《こも》った結果がこれである。

「ルッツくんはさあ……、手加減とか出来ない人？」

クラウディアは呆《あき》れたような視線をルッツに向け、ルッツは悪戯《いたずら》がバレて捕まった子供のような顔をして肩をすくめていた。

ふたりが挟むテーブルの上には禍々《まがまが》しく輝く剣が無造作に転がっていた。素人《しろうと》がぱっと見ただけでもよく斬れそうな剣だとわかる。特に人の肉など簡単に裂けるだろう。血を浴びて完成する、そんなどす黒い輝きを放っていた。

ルッツの作品の出来にはムラがある。名刀、聖剣、鉄屑、呪《のろ》いの刀と様々な物を作ってきた。どうやら今回は四番目らしい。

「つい気合が入っちゃって……」

居心地《いごこち》が悪そうに言うルッツに、クラウディアは叱《しか》りたいような嬉《うれ》しいような複雑な気分であった。

この剣は城塞《じょうさい》都市内の不良騎士どもを仮想敵とした剣である。その出来がよいというのはつまり、ルッツがクラウディアの怨《うら》みや悔しさを汲《く》み取った結果でもある。そう考えれば今すぐ押し倒して

キスでもしてやりたいところだった。

その一方で、こんな呪物を持っていればいつか本当に騎士団の詰め所に抜き身で乗り込んでしまうのではないかという不安があった。剣が持ち手をたぶらかすというのはあり得ぬ話ではないのだ。それをここ数ヶ月で思い知らされていた。

「ルッツくん、こいつは早々に処分した方がいいねえ。当然だが名前も入れない方がいい」

騎士団、さらには伯爵家への反逆の証《あかし》のようなものである。少なくともそのように解釈されてもおかしくはない代物であった。名前など入れては命がいくつあっても足りはしない。

ルッツが剣を打った目的はボルビスへの手向けと対抗心である。良い物が出来たという時点でその目的は達成されていた。手放すことに問題はない。

「クラウ、こいつを持っていたら危険だというのはよくよく理解できた。ただね、出来れば放流する前に名前くらいは付けたいんだ」

「うん、名前か……」

以前、ルッツは妖刀に名を付けぬまま手放した事があった。それはそれで仕方のなかった事とはいえ、頭の片隅にずっと後悔と罪悪感という形で引っ掛かり続けたものである。出来がよいと認めた作品には最低限名前くらいは付けたい、それは刀匠として当然の欲求であり、己の作品に対する礼儀でもあった。

「どうする、私が何か適当に考えておこうか」

「いや、今回に限っては俺に付けさせてくれ」

「ルッツくんが？」

意外だという顔をしてクラウディアは目を見開いた。ルッツという男はとにかくネーミングセンスが壊滅的であり、それは本人も自覚している。その為《ため》最近では自分で考えようともせずにクラウディアに丸投げしているようなところがあった。

そんな男が何を血迷ったのか、自分で付けると言い出したのである。下手《へた》をすれば『騎士棒ちょん切り丸』などといった最悪の名前にされかねない。

「心配するな、おかしな名前にする気はない。こいつの名前はこれしかない、って名前をそのまま付けるだけだよ」

「……それで、その名前とは」

「ナイトキラー」

騎士殺し、単純と言えば単純であり、他に相応しい名前などないようにも思えた。

「どうだい、クラウのセンスからしてこの名前は」

「悪くない。いや、実に良いよ。とても良い」

「そうか、君のお墨付きがもらえたならばひと安心だ」

こうして出来上がった剣に銘が刻まれ、ひとまず収納箱の奥の奥へ、父の形見である折れた刀と一緒にしまわれた。本来ならばそのまま忘れ去られるところであったが、ある老人の嗅覚《きゅうかく》によってすぐに掘り起こされる事となった。

「ルッツどの、新作は出来たかな?」

ナイトキラーを封印してから一週間後、特に何の約束もしていないゲルハルトがやって来て何の賄賂もなしに剣を出せと言ってきた。

「ゲルハルトさん、特にあなたから注文は受けていないはずですが」

ルッツが怪訝《けげん》な顔で言った。

「そうだろうな。わしもそこまで耄碌《もうろく》しちゃおらん」

「はい」

「でも、何か作ったのだろう？」

何もかもお見通しだ、老人は笑みを浮かべているがその眼光は貫くほどに鋭い。

「ボルビスの奴《やつ》が見事な刀を打ったのだ、ならばルッツどのは対抗心で剣のひとつも打っているのではないかと、そう思ってな」

ゲルハルトは腰に差した刀を誇らしげに叩《たた》いてみせた。自分も鍛冶屋ならば絶対にそうしていた、と言わんばかりの断定であった。

「ルッツくん、こりゃあもう誤魔化《ごまか》しようがないね。見せちゃった方が早いよ」

クラウディアがため息を吐《つ》きながら言い、ゲルハルトは満足そうに頷《うなず》いた。ルッツも観念して収納箱のさらに奥、底板を外して剣を取り出しテーブルに置いた。

「ほほう、これはこれは。人の素っ首がよく斬れそうだ」

室内で振り回すのに丁度いい長さで刃は肉厚。凶悪な剣を手に取ってゲルハルトはご満悦であった。

「銘はもう入れたのかな？」

「ナイトキラー、としました。戦場で敵の首を掻《か》き斬るための剣ということで……」

「嘘《うそ》だな」

ゲルハルトはニヤリと笑って即座に言った。

「え？」

「サイドウェポンにしては作りが立派過ぎる。出来が良すぎるというのも考えものだな、ルッツどの。手にした瞬間こいつになら命を預けられると思うたものよ。むしろ室内で奇襲をかけて多数を相手にするための剣と見たがどうだ？」

コンセプトが完全に見抜かれていた。持っただけでそこまでわかるのかと、ルッツは抵抗する気力を失っていた。

「大変恐れながら、騎士団の詰め所を仮想敵とさせていただきました」

「そう畏《かしこ》まる事はない。わしは別に騎士団の関係者でも何でもないからな、告げ口なんてつまらん真似《まね》はせぬよ。それよりもこの剣の見事さを称《たた》えたい。手練《てだ》れがこいつを持って押し掛けたなら、そうだな、わしなら奴《やつ》らを皆殺しにするのに五分とかかるまいよ。ふ、ふ……」

と、不気味に笑うゲルハルト。やはり炉に突っ込んで溶かしておくべきだったかと少しだけ後悔するルッツであった。

「なあルッツどの、こいつをわしに売ってくれぬか。芸術家は常に良い物に触れていなければならぬ。そろそろ弟子に名剣のひとつも持たせてやりたくてなあ」

「持って行ってくださるならば喜んで」

「金貨五十枚でどうかな？　明日にでも持って来て、現物と交換しよう」

「取引成立ですね」

固く握手を交わして、ゲルハルトは足取り軽く去っていった。その背をクラウディアは腕を組み首を傾げて見送っていた。

「どうしたクラウ、何か気になることでもあるのかい」

「いえね、私の記憶が確かならばゲルハルトさんのお弟子さんって高位騎士だか何かじゃなかったかな……？」

「んん？」

何かとんでもなく、悪趣味な冗談のようにしか思えなかった。


騎士殺しの剣を前にしてジョセルは独り腕を組み唸《うな》っていた。

付呪術《ふじゅじゅつ》の師であるゲルハルトはかねてよりの約束通り、名剣を弟子にプレゼントした。魔術付与はしない、己の腕で最高の剣を作り上げてみせろと念押しをして。

それ自体はよい。何もかもゲルハルトに用意してもらったのではジョセルのやる事がなくなってしまう。修行の目標を設定してもらえるのはむしろありがたかった。

問題は何故《なぜ》、ナイトキラーなどという物騒な名前の剣を渡したのかという事だ。

付呪術師見習いであると同時に現役の高位騎士でもあるジョセルは剣を一目見ただけでその意味するところを理解した。

これが大剣や槍《やり》であるならば戦場で敵の騎士を殺すための武器と呼べただろう。しかしナイトキラーは戦場で使うには短く、敵と組み合って首を掻き斬るには長すぎた。つまりは室内で振り回すための剣である。

室内で使う騎士殺しとは何か。戦争で敵城に乗り込んで使うための物なのか。

否、否である。

この剣にはもっと明確な悪意と殺意が刻まれていた。室内で騎士を殺す、即ち粛清の剣である。

「何故、こんな物を私に……？」

ジョセルは戸惑いながらゲルハルトに聞いてみたのだが、

「別に深い意味などない。良い剣だからくれてやったまでの事だ。剣にどんな意味を持たせるか、どう扱うかなど持ち手の問題だ。わしは知らん」

と、突き放されてしまった。ゲルハルトとしてはナイトキラーはもう他人の手に渡ってしまった剣である。あまり深く語っていれば未練が募るだけなのでわざとぞんざいな言い方をしたのだった。

知らぬわからぬ興味がないと言いながら、その視線はジョセルの左腰へチラチラと向けられていた。

ボルビスが打った刀とルッツが打った剣という異色の二本を両方差して歩くというのも魅力的なアイデアだったが、齢《よわい》六十五のゲルハルトには少し重かった。動きづらい事この上なしである。

また、弟子にあげるつもりだったものを後から惜しくなって取り上げるというのもみっともないだろうという職人としての美意識が二本差しを許さなかった。

ゲルハルトの冷たい態度の裏にあるものは、知ってしまえばどうという事のない物であったが、ジョセルは無駄に深く考え無駄に悩んだ。

彼は真面目《まじめ》な男である。そして、独りで抱え込みやすいという悪癖があった。

高位騎士の手に騎士殺しと名の付く剣が渡ったのである。彼はそこに神の見えざる手の存在を感じていた。

伯爵領に仇《あだ》なす不良騎士どもを粛清しろとの神のお告げなのだろうか。いや、下手にそんな事をすれば下級騎士たちと伯爵の関係が悪化し、かえって迷惑をかける事にならないか。

聞こえぬ神の声を聞き逃してはならぬと悩みに悩んだ結果、彼は三日で三キロも痩《や》せてしまった。

「お師様、ひとつお願いがあります」

「なんだ。剣を返したいとかいう話ならば相談に乗るぞ」

「いえ、刀匠のルッツどのを紹介していただきたいのです。思えば私はその名を耳にする機会は数あれど、実際にお目にかかったことはありませんでした」

「ルッツどのにな。会ってどうするつもりだ」

ゲルハルトとしては出来ればルッツの存在は自分だけが使えるカードであって欲しかった。相手が愛弟子《まなでし》とはいえ会ってみたいと言われれば少し警戒してしまう。

「聞きたいのです。この剣を打った真意と、私がこれを持ってどう動くべきなのかを。ルッツどのが全《すべ》ての答えを持っているとは思いませんが道を照らす明かりにはなるのではないかと……」

「真意ったってなあ……」

ゲルハルトは知っていた。ルッツは慣れない剣を打つにあたりテーマがあった方がやりやすいからそうしただけである。

同居する恋人であるクラウディアには冤罪《えんざい》で騎士団に捕まった過去があり、その腹いせで騎士殺しなどというテーマにしたのではないかという予想も付く。真意や真理、神の意志などといったものは存在しない。ただ、人の業があるだけだ。

……と、いうことをこの馬鹿弟子に説明したら納得するだろうか？

一応その場で頷きはするが、その後悶々《もんもん》と悩みそうな気がする。下手をすればひとりで探しに行きかねない。ならばいっそ何本か釘《くぎ》を刺した上で行かせてしまうのが妥当ではないか。

「わかった。ルッツどのの住処《すみか》を教えよう。だがその前にいくつかお主に言っておくことがある」

「はい」

「ルッツどのは城壁外に鍛冶師《かじし》として居を構えておられる。そしてお主は外の者を一段見下すようなところがある」

「そのような事は……」

「ないとでも言うのか。フン、あまり年寄りを甘く見るなよ」

「申し訳ありませぬ」

畏まって頭を下げるジョセルであった。彼は平民を、特に城壁外で暮らし市民権を持たぬ者を見下しているという自覚すらなかった。高位騎士である彼はそれが当然の事だと思っているのである。

「ここは身分についてあれこれ言うべき場ではないのでひとまずおいておこう。ただし、わしの紹介で行くからにはルッツどのへの無礼は許さん。外の者とは思わず貴人として対応せよ。もしもお主がルッツどのに無礼を働きその結果取引を切られたならば、わしは相応の報いをお主に与えねばならず、伯爵にもその旨報告せねばならぬ。覚悟を決めておけ」

壁の中にも住めないごろつきを貴族として扱え。身分差の強く激しいこの時代においては、なめくじにお茶を出してもてなせと言うほどの暴論である。ジョセルは師の顔を覗《のぞ》き込むが、彼の眼《め》は至って真剣であった。

「肩書きではない、その技術に敬意を払え。尊き魂が見えてくるはずだ。高位騎士であり真実を見抜く目を養ってきたお主ならば出来る！」

「ははッ！」

何故か感極まって涙まで浮かべているジョセルに、ゲルハルトはルッツたちの住処と彼らの人柄について教えてやった。

深々と頭を下げてからナイトキラーを固く握りしめて飛び出す弟子の背を、ゲルハルトは少し疲れたような面倒くさいような眼で見送った。

「何かと思い込みの激しい奴だな……。ま、いいや。わしはもう知らねっと」

ゲルハルトは口笛を吹きながら佩刀《はいとう》の手入れを始めた。刀を愛《め》でるのに忙しいので、後は若い者同士で勝手にやってもらおう。


ルッツとクラウディアは朝から上機嫌であった。剣や刀が高値で売れて生活に余裕が出来ると、いつもの食事におかずを一品加えられるようになったのだ。

黒パン、スープ、ビールというのが基本的な食事。そこにチーズやニシンの塩漬けなどが加わりそれだけで食事の楽しみが大きく違ってきた。たんぱく質が取れるというのも大きな利点である。ニシンの塩漬けは保存が第一で味は二の次、三の次である。塩の塊を食っているのではないかと錯覚するほど塩辛かった。

クラウディアは一切れで十分と言うより、それ以上は食べられなかった。一切れを使ってパンとスープに刺激を加えながら食べる、それで良かった。一方で炉の前で汗をかくのが仕事のようなものであるルッツはこの強烈な塩漬けを好んで食べた。

「うん、美味《うま》い。こいつは美味いな！」

と、頭も尻尾《しっぽ》もバリバリと噛《か》み砕《くだ》く。クラウディアにはいまいち理解しがたい事だが、生活習慣の違いとはそうしたものなのだろうと考える事にした。

食事を終えてのんびりとした時間を過ごす。今日は砂鉄堀りにでも行こうかと考えているとドアが激しくノックされた。

「ルッツどの、鍛冶師どのはおられるか！　我が名は高位騎士ジョセル。我が師、偉大なる付呪術師ゲルハルトの紹介で参った！」

朝早くからやたらと声が大きくて物言いが大袈裟《おおげさ》な奴がやって来た。

どうしたものかとクラウディアに視線を送ると、彼女はものすごく嫌そうな顔をしている。彼女の騎士嫌いは相変わらずのようである。

「なんかものすごく嫌な予感がするな。どうする、居留守でも使うか？」

「とても魅力的な提案だよルッツくん。問題はそれで諦《あきら》めて明日以降は来なくなるかって話だけど」

ないな、とルッツは苦笑いをして立ち上がった。

面倒であった。非常に面倒であった。居留守を使おうかと半ば冗談で言ったのだが、もう半分は本気である。

しかし高位騎士に目をつけられるのは問題であり、ゲルハルトの紹介となれば無視をすれば彼の面子《メンツ》に傷を付ける事になる。今まで高額で刀を引き取ってくれたのはゲルハルトであるし、個人的にも職人として尊敬していた。彼と関係を悪化させたくもない。

渋々立ち上がったルッツはドアの閂《かんぬき》を外して出迎えた。そこに居たのは身長百八十センチを越えているのではないかと思える大柄な男であった。

「俺が鍛冶屋のルッツです。騎士どのは本日何のご用で？」

ジョセルと名乗った男は剣を鞘《さや》ごと取り外してルッツの眼前にズイと突き出した。

「この剣についていくつか聞きたいことがある」

出来の良かった自作品は全て覚えているし、見間違えることはない。それは間違いなくナイトキラーであった。ゲルハルトに売った剣を何故この男が持っているのだろうか。

殺して奪った。まずないだろう。目の前の男は確かに強そうだ、恐らく正面から戦えばルッツよりも強い。だがゲルハルトのような不気味さ、底知れなさは感じなかった。

盗んだ、これもないだろう。魔法武具作製に人生を捧《ささ》げたあの男が剣を盗まれたなら、それこそ悪鬼の形相で追いかけてくるに違いあるまい。

そこでようやく思い出した。ゲルハルトは弟子に名剣を持たせてやりたいとか何とか言っていたような気がする。

総合的に考えてこの招かれざる訪問者がゲルハルトの弟子であるというのは事実であるらしい。同時に、ルッツには彼をもてなす義務が発生したという事だ。

「まあ、立ち話もなんですから中へどうぞ」

中へ入ると、いつもは来客があれば率先して動くはずのクラウディアが頬杖《ほおづえ》をついて憮然《ぶぜん》としていた。特に飲み物を出そうという気もないらしい。

「ええと、奥方様……、ですかな？」

身に覚えのない敵意を向けられて少々戸惑うジョセルであった。

ジョセルの質問に何故かルッツとクラウディアは顔を見合わせ不思議そうな顔をしていた。

「クラウ、俺たちの関係って何だろうな？」

「ビジネスパートナーと友人と恋人を足して三で割らない感じ」

「そうだな、間違いない。だが第三者にいちいちそういう説明をするのもどうなんだろう」

「妻とか嫁とか言っておきゃあいいんじゃないかな。とりあえず世間様はそれで納得するよ」

「うん」「うん」

と、頷《うなず》き合ってからルッツは顔をジョセルの方へと向けた。

「そういう事らしいです」

「らしい、って何だ！　お前ら結婚しているのかいないのかどっちなんだ⁉」

「今、しました」

高位騎士をおちょくっているのかと怒りに任せて剣に手をかけそうになったが、師の言葉をふたつ思い出してなんとか堪えた。

ひとつ、彼らを貴人として敬え。

ふたつ、あいつらはちょっと変だ。

「師の言葉とは、後になってから身に染みるものだな……」

肩を震わせるジョセルを見るふたりの眼は冷ややかであった。変な奴《やつ》が来たな、と。つまりこの場にいる誰《だれ》もが『あいつはおかしい』と思っているのである。

「私がルッツくんの嫁かどうかがそんなに大事ですかねえ？」

クラウディアが唇を尖《とが》らせて聞くと、ジョセルは腕を振り回して熱弁を始めた。

「当然だ！　妻なれば家を守る立場としてこの場に同席するのもいいだろう。だが赤の他人やら愛人やらであれば、話に割り込む権利は無い！」

「あ、はい……」

ジョセルの熱量に圧《お》されて何も言えなくなったクラウディアであった。反論できないと言うより、反論するのが面倒くさい。

「ジョセルさん、そろそろ本題に入ってもらっていいですか？」

ルッツが先を促し、ジョセルは持っていた剣をテーブルに置いた。何かと刀剣を置かれる機会の多いテーブルである。

「ナイトキラーと言うそうだな、この剣は。何故《なぜ》こんなものを作った？」

「何故と言われましても……」

お前ら騎士が嫌いだからだよ、とは言えなかった。ゲルハルトとは違いそれで笑ってくれるタイプではなさそうだ。ルッツが首を捻《ひね》って言葉を選んでいると、ジョセルが先に話を続けた。

「咎《とが》めているのではない、手放すつもりもない。騎士殺しの名を持つ剣が高位騎士と巡り合った。私はそれを偶然とは思わない、神の意志を感じるのだ。私はこの剣を手にして何をすべきか、どう生きるべきかを知りたいだけなのだ」

熱く語るジョセルであるがルッツたちには、何言ってんだこいつ、という以外の感想が出て来なかった。

どうやらルッツやゲルハルトとは違った意味でロマンチストのようだ。

ルッツの背に指先でトントンと叩《たた》く感触があった。誰がやったかと言えば隣にはクラウディアしかいない。

……後は任せてくれないか。

……わかった、頼む。

軽く視線を交わしただけで意思の疎通は出来た。

こほん、と小さく咳払《せきばら》いをするクラウディア。

「ここから先は夫に代わり、妻であるこのクラウディアがご説明いたします」

と、芝居がかった仕草で宣言した。

「……何故だ？」

「口下手《くちべた》なもので」

ルッツにそこまでハッキリ言われてしまえばジョセルも無理にとは言えなかった。

「まずナイトキラーを作った経緯ですが、これは本人の意思ではありません。成り行き、あるいは言葉を変えて……」

「変えて？」

「導かれた、と」

クラウディアは自信たっぷりに断言した。ジョセルも興味を惹《ひ》かれてか、身を乗り出して聞いている。

「まず事の発端はゲルハルトさんのご友人であるボルビスさんが新たな技術を求めて刀を打った事です。それが鍛冶に生きた殿方の、人生を凝縮したような素晴らしい刀であった事はご存じですか」

「無論だ、私はお師様の一番弟子だからな」

誇らしげに語るジョセルであった。クラウディアは同意するように頷き話を進める。

「剣専門の鍛冶屋が刀を打ち、刀専門の鍛冶屋が剣を打つ。ゲルハルト様の一鉄《いってつ》とジョセル様がお持ちのナイトキラーは作者も種類も違う武器ながら、ある意味で一対の剣であると言えます」

と、クラウディアは武器の来歴にロマンを追加した。

「さて、この二本の武器の物語はボルビスさんが始めたものだということはご理解いただけたかと思います」

「ルッツどのが騎士に恨みを持って始めた物語ではない、と言うのだな」

クラウディアは黙って頷いた。嘘《うそ》は言っていない。騎士に恨みを持っているのはルッツではなくクラウディアだ。

「ボルビスさんの後を追うようにルッツは剣の作製を始めました。ですがその時は騎士殺しの剣を作ろうなどとは思っていませんでした。鍛冶場で剣を打っているうちに自分が自分でなくなるような、何かが身体《からだ》に入り込むような感覚になり、そして気が付いた時に出来上がっていたのがナイトキラーなのです」

「神が乗り移ったとでも言うのか……？」

「あるいは、そうかもしれません」

今までテンションが右肩上がりであったジョセルの顔に猜疑心《さいぎしん》が浮かんでいた。吹いた法螺《ほら》の音が大きすぎたらしい。

しかしクラウディアは狼狽《うろた》えなかった。ここで『偶然』をひとつ付け加える。

「ジョセル様、ナイトキラーには剣の名前が刻まれているが作者の名は書いていない。そうですよね？」

「うむ、確かにそうだが……」

「それはルッツが己の作品だと言い切れぬから名を刻むことを控えたのです。これは神の作品であると」

「なるほど、そうした意味であったか！」

再びテンションを上限解放させるジョセル。ルッツはクラウディアの横顔を目を細めて眺めていた。

……そんな意味があったのか、俺はまったく知らないけど。

何かテーマが欲しかったから嫌いな奴らを殺す為《ため》の剣にした。それの出来が良すぎて後から面倒事に巻き込まれそうだったから名前を入れなかった。

そうした事情はクラウディアもよく知っている。むしろ首謀者のようなものだが、よくも息をするように嘘八百を並べられるものである。

「ナイトキラーが生まれたのも、私の手に渡ったのも、全《すべ》ては神のお導きということなのだな……」

ジョセルは高揚しながら唸《うな》っている。頭は大丈夫ですかと聞きたいところであったが、クラウディアがものすごく楽しそうに笑っているのでコメントは控えた。彼女のお楽しみを邪魔してはいけない。

やがてジョセルが膝《ひざ》をバンと叩いた。痛くないのか心配になるほど大きな音であったが、本人は特に気にしていないようだ。

「そうか、わかったぞ！　神の声が私にも聞こえた！」

「……え？」

ルッツとクラウディアが揃《そろ》って間の抜けた声を出す。

「伯爵の身を敵からだけでなく、身中の虫どもからも守る真の忠臣を目指せという事だな！　時として味方に刃《やいば》を振るうことを恐れるなと、神がそう言っておられる！」

馬鹿を適当におちょくっていたら、いきなり己の使命に開眼した。クラウディアもこの時ばかりはどんな顔をすればよいのかわからなかった。奴は予想をはるかに越えたクレイジーナイトだ。

「我が眼《め》は開かれた！　ルッツどの、クラウディアどの、本当にありがとう！　ああ、我が師の言葉は正しかった。肩書きではなく魂を見よと。今日は素晴らしい出会いがあった、来て良かった！」

感激する大男は剣を掴《つか》んでマントを翻し、居間を飛び出した。馬の蹄《ひづめ》の音と男の高笑いが徐々に遠ざかる。ルッツたちが外に出た頃《ころ》にはジョセルの姿は見えなくなっていた。

「……神様から苦情が来たらどうしようかねえ」

クラウディアが疲れた声で言い、ルッツは天を見上げた。今までのやり取りなど関係ないとばかりに、憎たらしいほど蒼《あお》かった。

「居留守でも使うさ」

第八章　工房の三人

四十代の装飾師が身悶《みもだ》えしていた。

彼の名はパトリック、伯爵家出入りを許された街一番の装飾師である。頭を抱えて転がり回る姿からは威厳など微塵《みじん》も感じられないが、腕だけは確かであった。

「鬼哭刀《きこくとう》ちゃんに会いたい……」

以前、彼は伯爵への献上品である刀の鞘や鍔《つば》の装飾を請け負った事があった。

素晴らしい、本当に素晴らしい刀であった。その美しさに引っ張られるようにパトリックも己の限界を越えた装飾を施す事が出来た。

その後、付呪術師《ふじゅじゅつし》のゲルハルトに刀を引き渡したのだが、その際に刀を売ってくれないかと頼み込んだ。全財産を失っても良い、本気でそう思っていた。

『献上品の横取りとかアホかお前は』

そこまでハッキリ言われた訳ではないが、ゲルハルトの眼は確かにそう語っていた。こればかりはゲルハルトが正しい。パトリックとて道理がわからぬ訳ではなかったが、それでも言い出さずにはいられなかった。

鬼哭刀を手放してから寂しさは募る一方であった。ここ数日は仕事に手がつかず、受けた注文は全て弟子たちに丸投げしている状態であった。それでも工房が上手《うま》く回っているのは親方であるパトリックの教育の賜物《たまもの》であろう。

よりによって鬼哭刀を手にしたのがあの貧弱中年ボーイとはどういうことか。どうせ刀を何度か眺めた後は倉庫にしまわれて埃《ほこり》を被《かぶ》るに違いない。その境遇が哀れでならなかった。

自分ならばそんなことはしない。自分ならばもっと大事に扱う。自分ならば。

なんて可哀想《かわいそう》な鬼哭刀ちゃん。

「うう……、ダメだ、もうダメだ。辛抱たまらん！」

パトリックはマントを掴んで自室を飛び出した。

廊下で弟子にぶつかりそうになるが、なんとか踏みとどまった。

「親方、お出かけですか？」

「ちょっと城までな」

「伯爵からの依頼ですか⁉」

弟子の顔がパッと明るくなった。貴族の依頼は報酬が段違いであり、そこで認められれば名誉も手に入る。街一番の装飾工房で働く者たちの評価にも関わってくるのだ。

「いや、仕事じゃない」

「そうですか……」

「どこかで失《な》くした愛を探しに行く」

「そう、ですか……？」

早足で立ち去る親方の背を弟子は怪訝《けげん》な顔で見送っていたが、やがて諦《あきら》めたように自分の仕事に戻った。あの人が変なのはいつもの事だ。

武器に入れ込み過ぎて人間のように扱う者は珍しくない、とまでは言わないが、長く職人を続けているとたまに出会う事がある。大抵の事は『ああ、またか』で済ませられるようになった。

そんなゲルハルトでさえ、この男は常軌を逸しているとしか思えなかった。

「鬼哭刀ちゃんに会いたいのです。どうかゲルハルト様にお口添えをお願いしたく」

と、哀れな声を出す中年男は装飾師のパトリックだ。

ゲルハルトは言いたいことが多過ぎて逆に何を言えばいいのかわからなかった。

まず何だ、鬼哭刀ちゃんって。

「わしから伯爵に頼んで、刀を見せてくださいと。そういう話か」

「是非とも！」

謎の気合いを込めるパトリックに、ゲルハルトは酷《ひど》く疲れたような顔で説明した。

「……あのなパトリック。基本的な事から説明するが伯爵というのは偉いんだよ。職人がのこのこやって来て、ちょっと刀を見せてくださいなんて言える相手じゃあないんだ」

「わかります、そこまではわかります。ですが職人の魂が疼《うず》いてたまらんのです。なればこそ、こうしてゲルハルト様にお願いしているのです！」

ゲルハルトは静かに首を横に振った。お願いされようが土下座されようが無理なものは無理だ。

伯爵から信頼されているという自信はある。だが、そこで調子に乗って私事に利用するような真《ま》似《ね》をすればすぐに身の破滅に繋《つな》がるだろう。

ただでさえ伯爵の寵愛《ちょうあい》を巡って派閥のようなものが形成されつつある面倒な時期なのだ。ゲルハルトは出来る限り大人しくしていたかった。

「しかしねゲルハルト様、悔しいじゃないですか。あんなにも素晴らしい刀が価値のわからぬ男の手に渡って、倉庫の奥にしまわれるだけとか」

「なんだパトリック、知らなんだか。伯爵は鬼哭刀を佩刀《はいとう》として持ち歩いておるぞ。毎朝、政務の前に素振りをなされている。わしも付き合っているから間違いはない」

「なんですって？　あのドジョウみたいな……、いえ、お身体があまり丈夫ではない伯爵が、刀の素振りを？」

「そうだ、刀の所有者であると胸を張っていたいと仰せでな」

パトリックは信じられないといった気持ちが半分、もう半分はあり得るかもしれないと考えていた。好きな娘《こ》の前で張り切る男の子の心理と思えば理解は出来る。

「刀を振ること自体はわしやお主の方が上手いかもしれぬ。だが伯爵の刀と共に成長しようというお心は本物だ。あれは伯爵の刀だ。未練は捨てろ、もう他人が入り込む余地など無いのだ」

「むう……。男と刀の間に挟まろうとするな、という事ですね？」

そうなのだろうか。パトリックの表現はいまいちわかりづらいが、とりあえずゲルハルトは曖昧《あいまい》に頷《うなず》いておいた。

「ちなみにあの刀は装飾が終わった後に魔法付与したので、お主が知っている物よりもずっと素晴らしい刀になっているぞ」

いきなり勝ち誇ったように笑うゲルハルトであった。

「何で諦められそうって思った途端にそんな事言うかな⁉　言葉を交わさぬまま終わった初恋のあ

の娘が都会でものすごく綺麗《きれい》になった、みたいな話を！」

「わかりやすくて気持ち悪い表現だなあ……」

「一目だけでも見たくなるのが人情ってものですよ！」

なおも食い下がるパトリックであったが、ゲルハルトは犬でも追い払うようにシッシッと手を振った。

「わしが知っている事は全て話した。お主にしてやれることは何もない、もう帰れ」

「せめて、せめて伯爵の素振りを見学するくらいは……？」

「貴族のプライベートに赤の他人が乗り込むような真似が出来るか。うちの弟子が最近、不審者を斬り殺したくてウズウズしているから不法侵入もやめておけ」

「何故《なぜ》そんなことに……？」

「本当に何でだろうな」

これ以上粘っても無理なものは無理なようだ。ゲルハルトの心証を悪くする前に退散しようと立ち上がるパトリック。ドアの前でふと思い出したように振り返った。

「そういえば、私の名を伯爵に伝えてくださいましたか？」

「……ん？」

何の事だと考え込むゲルハルト。パトリックの視線が鋭く突き刺さる。

「鬼哭刀ちゃんを納めた時、この装飾はパトリックという職人の手によるものですと、そう伯爵に伝えてくださると約束したじゃあないですか。しかも、自分から言い出して！」

「ああ……」

思い出した。刀が欲しいとねだるパトリックを落ち着かせる為にそんな事を言ったような、言わなかったような。記憶を辿《たど》りながらゲルハルトの視線が宙を泳ぐ。

「……忘れていましたね？」

「忘れていた訳ではない。その、ちょっと忘れていただけだ！」

「言い訳すらまともに出来ていないじゃないですか！」

呆《あき》れたように首を振るパトリックであったが、顔を上げた時には薄笑いを浮かべていた。

「ひとつ、貸しですね」

「わしにどうしろと言うのだ……」

「可能かどうかはともかく、伯爵に見学希望者がいるとだけ伝えてください。それでダメだと言われたら諦めます」

「……聞くだけだぞ。返答にまで責任は持てぬからな」

「はい、お願いします」

パトリックは深々と頭を下げてからゲルハルトの工房を後にした。

ゲルハルトは苦い顔で軽率な言動を後悔していた。たかが口約束だが、そういうのを律儀に守ってこその信用であろう。忘れたのは確かに自分の落ち度であった。

何故忘れたのかと思い返す。そうだ、あの後で魔術を施し古代文字を五字も刻むという快挙を成し遂げ細かい事は全て記憶から吹き飛んでしまったのだ。

「世間話のついでに、それとなく聞いてやるか……」

良い悪いというよりも借りを作ったままでは落ち着かない。それがゲルハルトという男の性質であった。

職人として、付呪術師として最高の名誉を手に入れた。それなのに、いや、だからこそなのか、問題が起きた時に相談できる相手がいない事に気が付いた。

装飾師のパトリックに伯爵の愛刀が見たいと頼まれたが、平民と貴族の間で見たいと言って見せてもらえるような物でもあるまい。鞘《さや》などを作ったのは確かにパトリックであるが、既に彼の手を離れているのだ。

弟子であり高位騎士でもあるジョセルに相談しようとも考えたがすぐに思い直した。ジョセルならパトリックを排除するか、諦めさせる方向で動くことが眼に見えている。

諦めさせるというのは恐らく最も正解に近いのだろうが、パトリックに負い目のあるゲルハルトとしては避けたいところであった。

聞くだけ聞いてみるとは言ったが、こんなことを伯爵に申し出た時点で不審な眼で見られるだろう。それも避けたい。

考えているうちに何だか苛立《いらだ》ってきた。何で自分がこんな下らない事で悩まなければならないのかと。女と刀の区別も曖昧になった変態装飾師の為《ため》に働くのが嫌になってきた。

……もういい、知らん。酒飲んで寝てしまおう。

彼の悪癖で全《すべ》てを投げ出そうとしたその時、ふと思い付いた事があった。城の中に相談できる相手が居ないのであれば外に行けばよい。

それこそ貴族社会とはなんら関わりのない者たちだが、彼らなら良いアイデアを出してくれるかもしれない。

「おりゃぁ！」

ルッツは気合いと共に頭から水を被った。ここは川で、彼は全裸である。

背は平均的で、筋骨隆々ではないがみっしりと筋肉が凝縮されたような身体《からだ》をしていた。無数に火傷《やけど》の痕《あと》が残る肌が水を弾《はじ》く。

桶《おけ》で水を汲《く》み、さらに被る。全身をコーティングしていた汗と不快感がさっぱりと流れ落ちた。

「この瞬間の為に鍛冶《かじ》仕事をやっているようなものだなあ……」

言い過ぎであるが、気分が良い事だけは確かだ。

次に、一緒に連れていたロバを洗ってやった。水をかけて藁束《わらたば》で擦《こす》るとロバは気持ち良さそうにプルプルと震えていた。

ロバが震える度に水が飛び散りルッツの顔面にもかかるが、彼は気にせず笑っていた。俺もまた水を被ればそれでいいと。鍛冶場の外では細かい事を気にしない男であった。

冬になれば気楽に水浴びとはいかない。その前にまた何度か洗ってやろう。

人の気配がする。振り返るとそこには顔見知りの老人が同じようにロバを連れて歩いて来るところだった。

「おや、水浴びかね」

ルッツは『仕事道具』を放り出したままだが、ゲルハルトはその点には触れなかった。職人が作業終わりに思い切り水浴びをする気持ち良さは彼にもよくわかっていた。

「わしもご一緒してよいかな」

「どうぞ。あ、桶使いますか？」

「ありがとう」

桶を受け取り、服を脱いで丁寧に畳むゲルハルト。その裸体を見てルッツは目を見開いた。マッチョジジイのエントリーだ。冒険者時代のものか、古傷があちこちに残っていた。端から見れば死ななかったのが不思議なくらいである。

「ふんぬッ！」

川に足首を浸けて気合いと共に水を被る。もう一度、さらにもう一度。

「うむ、やはり水浴びは良いな。城壁内に住んでいるとなかなか出来ぬからなあ」

染々《しみじみ》と呟《つぶや》くゲルハルト。ルッツもそうだろうなと頷いた。古傷マッチョヌーディストジジイが井戸を占拠していたら騎士団出動案件だ。噂《うわさ》になるのも早いだろう。城から追い出される理由が全裸になっていたからでは少々情けない。

開放的という意味では壁の中よりも外の方がずっと良い。もっとも、利点と言えるのはそれくらいだが。

男ふたりがすっぽんぽん。正面から向かい合っているので『仕事道具』もバッチリ見える。なんとなく気まずくなってふたりは無言で服を着た。見慣れているはずなのに他人の道具は見たくないというなんとも不思議なものである。

「ゲルハルトさん、今日は新しい依頼の話で来られたのですか」

ルッツが服に腕を通しながら聞いた。

「いや、何と言うかな。ちと相談があってな」

「相談ですか」

仕事ではなく、相談。何の事やらルッツには想像もつかなかった。

ふたりともロバを引き、工房へ向かいながら話すことにした。

「たとえばルッツどのが名刀を持っていたとして、それを他人から見せて欲しいと頼まれたらどう思うね。快く自慢してやるか、あるいは突っぱねるか」

「相手によります」

「ふむ、どのように」

「ある程度気心の知れた相手ならば、どうぞどうぞと招きます。しかし言い出したのが赤の他人であれば少し警戒してしまいますね。こいつは何をするつもりだと」

ルッツの意見をゲルハルトは今回のケースに当てはめて考えた。

伯爵とパトリックは知り合いでも何でもない。ゲルハルトが刀を見せて欲しいと言えば伯爵は快く応じるだろう。倉庫の中だって見せてもらえるはずだ。だがそれが顔も名前も知らない職人であればどうか。確かにあまり見せたいとは思わぬだろう。

「そうか、そうだよなあ……」

「何かあったのですか?」

「ううむ、それがなあ……」

「ちんちん見せ合った仲じゃないですか」

「イって欲しい、という事か」

相談に来ておいて口ごもるというのもおかしな話だ。ゲルハルトは意を決して話そうとしたがもう工房前に着いたので、せっかくだから才女クラウディアも交えて話そうという事になった。こうした時、彼女ならば良い知恵を出してくれそうだ。

ドアからクラウディアが顔を出して迎えてくれた。

ロバ二頭を簡素な小屋に繋《つな》ぐ。ロバ同士もすっかり仲良くなったのか身を寄せ合っていた。その光景を微笑《ほほえ》ましく眺めてから家に入り三人で粗末なテーブルを囲んだ。

「変態にからまれた」

「……ん？」

さすがにそれだけでは何の事やら伝わらなかったが、とりあえず面倒な話だという事は理解してもらえただろう。

ゲルハルトはパトリックという装飾師について語った。伯爵に名を伝え忘れたという点は綺麗に除いたので、同じ職人としてなんとか彼の望みを叶《かな》えてやりたいという義侠心《ぎきょうしん》に満ちた話となってしまった。

「鬼哭刀ちゃん、ですか……」

自分が付けた名前をそのように呼ばれて、なんとも微妙な気分のクラウディアであった。

「その人、本当に大丈夫ですか。鬼哭刀に出会ったらぺろぺろ舐《な》め出したりとかしません？　呪《のろ》われていないのに自傷行為に走ったりしませんか？」

半ば冗談のつもりで聞いたのだが、ゲルハルトは深刻な表情で頷いた。

「わからん、やるかもしれん。奴《やつ》ならばあるいは……」

「そんなレベルの変態ですか」

「さっさと始末した方が世のため人のためじゃないですかね」

ルッツの言葉に激しく同意したいところではあるが、そうもいかないゲルハルトである。

「ふたりは鬼哭刀の完成形を見てはいなかったな。あの変態、人格はともかく腕だけは良いのだ。奴を失うことは伯爵領全体の損失とも言える。獅子《しし》の鞘、あれは本当に良い物だ。いや本当に人格はともかく」

関係を切りたいような、切りたくないような複雑な立場であった。

「そういう訳でな、奴と鬼哭刀を引き合わせるアイデアはないかと相談に来たのだ」

「策ならばあります」

クラウディアはあっさりと言った。ゲルハルトがこれだけ悩んでどうにもならなかった問題が、そう簡単に解けたというのか。

「ふむ、聞かせてもらおうか」

ゲルハルトは本当に出来るのか、と挑戦するような、少し意地の悪い気持ちを込めて聞いた。

「アポイントが取れないなら別口から攻める、商人の基本です。伯爵の刀を見せてもらえないなら、こちらから見てあげればよろしいのです」

こいつは何を言っているのか。クラウディアの笑顔からすると適当な事を言って煙《けむ》に巻くつもりではなさそうだ。答えを用意して相手がいつ気付くのかと楽しんでいる顔だ。

「……そうか、メンテナンスか」

刀を調べる為に預かると言えば簡単に目的を達することが出来る。装飾師がメインでは少し弱いが、付呪術師《ふじゅじゅつし》が刀を調べる場に同席させるくらいは出来るはずだ。

パトリックの目的は伯爵の下手《へた》な素振りを見る事ではない。手に取ってじっくり調べられるならば彼にとっても良い話だろう。

「ちょっといいですか」

と、ルッツが手を挙げた。

「伯爵は素振りをしているだけで人や魔物を斬ったわけではないですよね。手入れをする必要がないのでは？」

刀油を塗り直す程度の手入れならばすぐに出来る。どこも悪くない物をしばらく預かると言えば怪しまれるかもしれない。ダメか。いや、ゲルハルトはこの作戦自体は悪くないと思い預かる口実は無いものかとしばし考えた。

「そうだ、伯爵は半年に一度くらいのペースで武具好きの貴族たちと集まっているのだ。その席に必ず鬼哭刀を持って行くだろう。刃こぼれなどあるはずはないが、万が一小さな傷などあってはいけないので調べさせて下さいと言えば不自然ではない」

「なるほど、それなら装飾師が居てもおかしくはないですね」

「何を他人事《ひとごと》のように。ルッツどのも同席してもらうぞ」

「あ、はい……」

装飾師の性癖に付き合わされるのは不本意であるが、鬼哭刀の完成形が見られるのは悪くないと、ルッツは同意した。

「それで、次の武器マニアの会合とやらはいつですか。その前に俺たちが集まる事になりますよね」

「いつだったかな。忘れた」

　このところ物忘れが続いているが、ついうっかりという訳ではなく、興味の無い事はまるで頭に残らないのである。若い頃《ころ》からずっと変わらぬゲルハルトの悪癖であった。覚える気がないだけに考えようでは余計にタチが悪い。

「ゲルハルトさん？」

「まあまあ、わかったら知らせるから気長に待っておれ。パトリックの奴も方針が決まったとなれば大人しくしているだろう」

　今日は助かった、と言ってゲルハルトは立ち去った。

　相変わらずフリーダムな爺《じい》様だと笑いながら夕食の支度を始めるルッツとクラウディアであった。


　城に戻ったゲルハルトが愛弟子《まなでし》に伯爵の予定を聞くと、

「会合ですか、三日後に出発ですよ」

　などとあっさり言われてしまった。

　これから急いで伯爵に説明して刀を預かり、職人たちを集めねばならない。ゲルハルトは慌てて城内を忙しく走り回る事になった。

　約束や予定を適当に扱っていた結果が、これである。人生のツケというものは忘れた頃に取り立てがやって来るようだ。


　六十代、四十代、二十代。

祖父と父と孫と言われて納得しそうな組み合わせであるが、れっきとした職人の集まりであった。

「ううむ、お見事……ッ」

ゲルハルトの工房にて、ルッツは鬼哭刀の鞘《さや》を見て唸《うな》っていた。躍動感に溢《あふ》れた銀の獅子は今にも飛び出して噛《か》みついて来そうだ。

ルッツは今まであまり装飾に興味がなかった。大切なのは中身だ、刀が斬れるかどうかだ。見た目ばかりが煌《きら》びやかで中身はなまくらという剣を何度も見て来た、そして軽蔑《けいべつ》していた。その為《ため》か彼の作る鞘、鍔《つば》、柄《つか》などは実用性のみを追求した物になっていた。

そんなルッツの価値観を一転させる出会いであった。この彫刻、欲しいか欲しくないかで言えばものすごく欲しい。

装飾師パトリックの事は事前に変態だなんだと聞かされていた為に色眼鏡で見ていたのだが、こうして作品に触れると彼が超一流の職人であることがよくわかった。

ルッツがこれから十年、二十年と彫刻の修行をすればこの域に達することが出来るだろうか。いや、無理だ。ルッツは敬意のこもった眼《め》をパトリックへと向けた。そのパトリックは今、鬼哭刀をよだれを垂らしそうな顔でじっくりと、舐めるように見つめていた。

「ああ、素敵だ。とても素敵だよ鬼哭刀ちゃん……」

白銀に輝く刀身。繊細かつ大胆に波打つ刃紋。薄緑にぼんやりと光る古代文字。どれもがパトリックの心を捉えて離さない。

好きだった女の子が綺麗《きれい》になっていたどころではない。彼女こそプリンセスだ。

「おいパトリック。刀身を舐めようとするな。顔が近すぎる、息を吹きかけるな」

呆《あき》れ顔《がお》のゲルハルトに注意されれば顔を離すが、またすぐに近付いて行くパトリックであった。

顔が赤く、息も荒い。やはり見た目は完全に不審者だ。この場に高位騎士ジョセルが居たら逮捕されていたかもしれない。

「はぁはぁ、鬼哭刀ちゃん。これで処女だなんて信じられないよ……」

まだ人を斬った事がないという意味であったが、やはり言い方が気持ち悪い。

「眼福にございました」

ルッツが鞘を返し、パトリックはゲルハルトに睨《にら》まれて渋々と鬼哭刀を手放した。ゲルハルトが刀を鞘に納め、左右に視線を走らせてから言った。

「……点検が終わってしまったな。一応聞くが、傷などは何もなかったか」

「何も。まあ、最初から何もないだろうとわかっていた話ですから」

本日の用件はこれで終了である。しかし、誰《だれ》も席を立とうとはしなかった。ルッツが代表して口を開いた。

「このままお別れというのも寂しいですね。せっかく各分野で一番の職人が揃《そろ》っているのですから」

「一番、とは大きく出たな」

「この刀を前にして謙遜《けんそん》は無意味でしょう」

断言したルッツに、ゲルハルトは我が意を得たりと満足げに頷《うなず》いた。この素晴らしい刀を作ったのは自分たちなのだ。そこは誇りたかった。

「この場の三人がいれば、最高の刀をいくらでも作れる。そう思えばなんとも不思議な気分ではあるな」

ゲルハルトは誇らしげに言い、ルッツとパトリックも深く頷いた。

作品にはどうしても出来不出来がある。また、刀を一振り打つのは魂を削るような過酷な作業だ。名刀を量産出来るというのは言い過ぎである。それでも、この三人で鬼哭刀のような名刀をまた作れるかもしれないというのは夢のある話であった。

「どうですか、せっかくだから三人で新たに刀を作ってみるというのは。鬼哭刀を越える最高最強の刀を！」

と、パトリックが明るく言った。

「……いや、いくつか問題がある」

ゲルハルトは沈んだ声で言った。諸手を挙げて賛同してもらえると思っていたパトリックは少し不満顔だ。

「まず第一に誰が金を出すかということだ。わしが鬼哭刀に魔法付与した時に使った材料費は思い出すだけで恐ろしくなる程だぞ」

付呪術師は儀式台の前に座れば金の事など考えるな、と常々弟子に語っているゲルハルトだが、そんな彼でさえ恐怖するくらいに宝石と水銀を湯水のごとくつぎ込んだのであった。三字、四字を刻むのと五字を刻むのでは全然違ってくる。あれを自費でやれなどと、冗談ではない。

ついでに言えば最近自分の刀を拵《こしら》え、弟子の剣を用意したことで貯金が乏しくなっていた。

「お主とて刀の装飾には金がかかろう。ルッツどのもしばらく生活の全《すべ》てを刀に捧《ささ》げねばならぬ。スポンサー抜きで気楽に出来るようなものではない」

スポンサーを得る。俗な言い方をすれば金持ち旦那《だんな》のひも付きになるというのは職人の大きな課題であった。場合によっては腕の良《よ》し悪《あ》しよりも運とコミュニケーション能力が大事になってくる。

あまり良い考え方ではないとルッツは反発したかったが、よくよく考えれば自分とて職人として認められ出したのはクラウディアの本格的な協力を得てからだ。彼女がいなければルッツはまだ小屋の片隅で腕を持て余していた事だろう。

金を出してくれる者がいなければ何も出来ない。それもまた職人の現実だ。

「次に我々だけで作って、その後は誰が所有するのだ。持ち回りで預かりましょうなんて馬鹿な事は言うなよ」

「僭越《せんえつ》ながら、私が代表して……」

「パトリック、なんやかんやと言ってお主が刀を欲しがっているだけだろうが。ハッキリと言ったらどうだ」

「鬼哭刀ちゃんのような綺麗な刀が欲しいです！」

「よく言えたな。うん、無理だ諦《あきら》めろ」

「酷《ひど》い！」

泣き崩れる中年男を無視して、ゲルハルトはさらに話を進めた。

「最後にもうひとつ。伯爵が会合から帰って来たら新たな依頼が入る可能性が高い。今は準備だけして待っているのが一番だ」

「何故《なぜ》、依頼が入ると？」

「武器マニアの集まる会合だ。そこで伯爵は鬼哭刀を見せびらかすだろう。いや、見せるために参加すると言ってもいい。参加者はそれでどう思うか。鬼哭刀を売ってくれと言うか、あるいは……」

「同じような物が欲しいと依頼するか、ですか」

「男爵やら大商人あたりに頼まれたならば、『いやあ、なかなか難しくて』とか言って曖昧《あいまい》に笑っていれば済むだろうが、噂《うわさ》では侯爵も参加するという話だからなあ」

「侯爵に頼まれたら、あげませんとは言えないと」

「貴族の力関係とはそうしたものだ。断れば直接何かをされるという訳ではないだろうが、派閥から追い出され多くの貴族たちから関係を切られる、遠ざけられる。長い目で見れば金貨数千、数万枚の被害に相当するんじゃあないか。しかも関係を改善しない限り損害が増える事はあっても減る事はない」

庶民のほとんどは金貨など見た事もない。それほど貴重なものが数万枚とはルッツには想像もつかなかった。

「政治にかかる金というのはそういうものだ」

ルッツの気持ちもわかる、とゲルハルトは苦笑しながら言った。彼は伯爵お抱えの職人であるが、元々は冒険者であり貴族の出身ではない。心情的にはルッツたちに近かった。

「それにしても、あまり良い気はしませんね。刀がただの政治の道具として扱われるというのは」

「ふ、ふ……。若いな、ルッツどのも」

「こうした感情に鈍感になるのが大人になる事だとは思いたくありません」

真っ直《ます》ぐに言い放つルッツにゲルハルトは眩《まぶ》しげに眼を細めていた。彼の言っている事は我儘《わがまま》だろうか。いや、これを職人の情熱と呼びたかった。

少なくとも褒美に失望されたというだけの理由で長らく勇者を敵視していたゲルハルトに、大人の態度がどうこうとルッツを責める資格はあるまい。

「そう深く考えるな、わしらのやる事自体は変わらぬよ。他人の財布で好きな物が作れるのだと考えよう。役得、役得だ」

「……そうですね」

ルッツは顎《あご》を撫《な》でながら考える。政治がどうの貴族がどうのと、そんな事はどうでもいいのではないか。大切なのは名刀が作れるというただその一点だ。

最高の刀匠が刀を打ち、一流の装飾師が全体を仕上げ、至高の付呪術師が魔法を刻む。歴史に残る逸品が打てるというのは職人として抗《あらが》いがたい誘惑であった。しかも伯爵の財布でやれるのである。何の問題があろうか。

政治に利用される、上等だ。むしろ交渉のテーブルを引っかき回してやればいい。

「やりますか、最高の逸品を」

「おう」

「是非とも！」

三人の職人が力強く頷き合った。それは悪党の笑みのようであり、少年の笑顔のようでもあった。

彼らが作る刀がその後、本当に王国の命運を左右しようとはこの時点では誰も予想していなかった。予想など出来るはずもなかった。

今はただ互いに敬意を払い、明るい未来を思い描くのみである。

エピローグ

ベオウルフ・エルデンバーガー侯爵の豪奢《ごうしゃ》な屋敷で行われている煌びやかな舞踏会。宴もたけなわといった所でひとり、またひとりと脇《わき》をすり抜け別室へと消えていくがそれを気に留める者はいなかった。

音楽と談笑が遠くに聞こえる別室には二十名ほどの男女が集まっていた。その中にゲルハルトのスポンサーであるマクシミリアン・ツァンダー伯爵の姿もあった。

貴族にとって遊びとは遊ぶためだけのものではない。

テレビも電話もないこの時代、直接顔を会わせて話し、名前を覚えてもらうことは非常に重要であった。

上流階級で何が流行《はや》っているかを調べ、趣味を身に付けて積極的に参加するというのも当主としての大事な役目であった。現代におけるゴルフ接待を思い浮かべれば近いかもしれない。

マクシミリアンにとってこの武具自慢の集まりはとても都合が良かった。彼はあまり社交的ではない。口下手《くちべた》で他人に話しかけるのも苦手だった。

しかしこの集まりならば白刃を抜いて自慢している者に近付いて、

「とても良い剣ですね」

と言えば向こうも上機嫌になり話も進む。

この集まりに何度か参加しているうちに顔見知りも出来た。元々武具や戦いの物語が好きであったので無理して身に付けた趣味という訳でもなく自然体で接することが出来た。

顔はなんとなく覚えているが名を思い出せないといった程度の付き合いである子爵が手を振って寄ってきた。

「おや、マクシミリアン卿《きょう》。今日は剣をお持ちで」

と、目敏《めざと》く腰の刀を見つけた。

「眼の肥えた皆様の前で、自信を持って披露できる物がようやく手に入りましたよ」

「ほほう、それはそれは……」

子爵は笑みを浮かべたが、眼だけが笑っていない。自分を満足させられるのかと挑むような眼をしていた。マクシミリアンは辺りを見回して、刀を抜いて他人に当たらない事を確認してから鬼哭《きこく》刀《とう》を引き抜いた。

子爵の喉《のど》がごくりと鳴った。視線は白刃に釘付《くぎづ》けである。今までありとあらゆる素晴らしい武器を見てきた、そんな自信はただの勘違いであったと思い知らされた。彼は強がる事すら忘れてマクシミリアンの手元に見入っていた。

「美しい、実にビューティフル！　ファンタスティックでエロティックだ！　ああ、私はこの刀で斬られて人生を終えるなら、それはそれで満足してしまうかもしれない！」

子爵の限界突破するテンションに少し引いてしまったマクシミリアンであったが、彼の妄言の中に気になる単語があるのに気が付いた。

「刀と仰《おっしゃ》いましたが、ご存じなのですか？」

博識を褒められた子爵は満面の笑みで頷いた。

「行商人が持って来た物を何度か見たことがあります。いや、そのつもりだったと言うべきでしょうか。今夜初めて本物の刀を見たという思いです」

そして少し声を落として聞いた。

「もしも、もしもですよ。その刀を売るとすればいかほどに……？」

「申し訳ありませんが、これを手放すつもりはありません」

子爵は落胆した。同時にそうだろうなと納得もしていた。

「……そうでしょうね。私が持っていればやはり、いくら積まれても手放さぬでしょう」

これは武器マニアとしての最大の賛辞である。マクシミリアンは礼を言う代わりに小さく頷いた。

「ではせめて、手に取って拝見させていただいてもよろしいでしょうか？」

「はい、価値のわかるお人に見ていただければ刀も喜ぶ事でしょう」

刀を立てて、刃《やいば》を自分に向けて子爵に渡した。丁寧に受け取った子爵は刀身に刻まれた文字を見てまた絶句する。

「五文字！　ワォ、なんてこった！　それほどの魔力に耐え得る刀身か！」

子爵は鬼哭刀を傾けて様々な角度から刀身を眺め、さらには自分の立ち位置も変えて騒いでいた。

何事だろうかと遠巻きに見ていた者たちが続々と集まって来た。

「何だあの変わった剣は？」

「あれは刀という物らしい」

「五文字の魔術付与とか嘘《うそ》だろう、ただの飾りじゃないのか？」

「いや、あの輝きは本物ですぞ。魔力も感じます」

「五字というのは技術的に可能なのですか」

「王家の宝物庫にそうした剣が納められているとは聞きましたが……」

マクシミリアンは頬がだらしなく緩むのをなんとか堪《こら》えていた。注目され、噂される事がなんとも心地よい。今まで自慢の剣を持ち込んだ事は何度もあったがここまで注目の的とされるのは初めてであった。

人が人の前で見栄を張りたがる気持ちがよくわかった。これは一種の快楽だ。

人垣を分けてひとりの大柄な男が現れた。この城の主《あるじ》であるベオウルフ・エルデンバーガー侯爵である。若い頃《ころ》から戦場を駆け回っていた男であり、その独特な雰囲気にマクシミリアンは気圧《けお》されてしまった。

「私にも見せてもらっていいかな」

歳《とし》は五十をいくつか過ぎているはずだが声に張りと艶《つや》があった。なるほど、この声で叱咤《しった》されれば兵たちは喜んで死にに行くだろう。

子爵は恭しく刀をベオウルフに渡した。身分差がどうであれ持ち主であるマクシミリアンに断りを入れるのが最低限の礼儀であるが、そんな事すら忘れてしまうほど子爵は緊張していた。マクシミリアンもわざわざ咎《とが》めようとはしなかった。騒ぎ立てて侯爵の言葉を遮るような真似《まね》をする方が悪印象で面倒だ。

「ふむ……、ふぅむ」

ベオウルフは唸《うな》り、刀に見入っていた。ただの興味本位で手にしたのだが、彼は次第に本気でのめり込んでいった。

差して歩きたい。振ってみたい。出来れば人を斬り殺したい。首を斬って断面図をじっくり見たい。あまりにも切り口が綺麗《きれい》すぎて標本のようにしか見えないのではないか。

そんな事を考えていると皆が自分を見て何か言うのを待っているのに気が付いた。迂闊《うかつ》であった。この場を取り仕切るべき立場でありながら心を奪われてしまっていたのだ。

「皆が知りたいであろう事を話そうじゃないか」

ベオウルフは張り付けたような笑顔で、芝居がかった仕草で言った。大貴族とは常に舞台に立っているようなものである。

「五文字の付呪だがこれは本物だ。確かに風の魔法が付与されている。内包する魔力も相当な物だ」

おお、とざわめきが起きた。これは伝説の剣だ、国宝級だと侯爵が宣言したも同然であった。

「マクシミリアン卿、この刀は何という名かな」

「鬼哭刀と名付けました」

「鬼が泣くのか哭《な》かせるのか、いずれにせよ妙な名前だな」

「刀を振ればその意味する所がおわかりいただけるかと」

「ふむ……」

ベオウルフがさっと手を水平に振ると、見物人たちが下がって十分なスペースを作った。歴戦の将軍が刀を上段に構えると、凍るような迫力に辺りはしんと静まった。

「ふんッ！」

見物人たちは一瞬たりとも見逃さぬよう凝視していたが、それでも目に止まらぬ一閃《いっせん》であった。

いつの間にか振り下ろされ、ベオウルフは正眼の構えを取っていた。耳に残る風の音だけが刀が振られたという証明である。

風の精霊が耳朶《みみたぶ》を撫でたような美しい音色であった。

振った当人を含め誰《だれ》もが恍惚《こうこつ》としている中で、マクシミリアンだけが複雑な表情を浮かべていた。

自分が振った時よりもずっと良い音が出ていた。つまりは嫉妬《しっと》である。

……妻が間男に抱かれ、聞いたこともないようないやらしい声を出している現場を覗《のぞ》いてしまったような気分だ。ああ、脳が破壊されそうだ。

そこまで考えてからあまりの馬鹿らしさに呆《あき》れていた。あれは刀だ、女じゃない。そうは思ってもスッキリしない気分だけが残った。もう他人に触らせるのは止《や》めておこう。

「なるほど、刀が哭きよるわ。マクシミリアン卿、この刀を売ってくれ。金はいくらでも出す。いや、城をひとつくれてやってもいい！」

興奮して叫ぶベオウルフであったが、マクシミリアンはここでも首を横に振った。

「お譲りいたしかねます」

「へぁ？」

ベオウルフの口から間の抜けた声が出た。マクシミリアンが何を言っているのか理解できない。

この会合に参加している者は皆、侯爵と誼《よしみ》を通じたがっているのだ。武器を持ち込むのはある意味で侯爵の目に留まり献上したいが為《ため》だ。

求められて拒絶するならば、お前は一体何をしに来たのだという話になる。

周囲から突き刺さる訝《いぶか》しげな視線に負けぬよう、マクシミリアンは早口で捲《まく》し立《た》てた。解散されたり、追い出された後では取り返しが付かない。

「この刀は私の為に作られた物です。長さも重さも私に合わせてあります。力が無いので軽量化の為に細身にしてあります。風の属性を纏《まと》わせたのも軽くする為です。実際、閣下には少し軽すぎたのではありませんか?」

「……まあ、確かにな」

ベオウルフの体格からすれば鬼哭刀は軽く、爪楊枝《つまようじ》を振っているようなものだった。武器というのは重すぎては役に立たないが、軽すぎても物足りないものだ。

……だからと言ってお前はどうしたいのだ。

ベオウルフの眼《め》には不信感が宿ったままだ。

「いかがでしょう。この刀をお譲りするのではなく、我が領内の職人たちに命じて閣下の為の新しい刀を作らせるというのは。長さ、重さ、付与する魔法に彫刻の種類まで、全《すべ》て閣下のお好みに合わせます」

予《あらかじ》めゲルハルトと相談して用意していた台詞《せりふ》であった。侯爵と関係を深めたいが鬼哭刀も手放したくはない。その為の受注生産である。ゲルハルトによれば既に職人たちの予定は押さえているとのことだ。本格的に武具外交を行うならば彼ほど頼れる者はない。

鬼哭刀を手放さないのは愛着があるというだけでなく、これからも話の呼び水として使うためでもあった。

ひとつ誤算があるとすればマクシミリアンの言い方が完全に棒読みであったことである。最初からそのつもりだったなとベオウルフに見透かされていた。

とはいえ、これはベオウルフにとっても悪い話ではない。自分だけの最高の刀が手に入るというのであれば鬼哭刀を無理に取り上げるような真似をするよりもずっとよいはずだ。マクシミリアンとの間にしこりを残す事もない。デメリットと言えばこいつに乗せられるのも何だか癪《しゃく》だという本格的にどうでもいい事だけである。

「それは素晴らしい話だ。是非とも……」

笑みを浮かべて両手を広げるベオウルフであったが、急に言葉を区切って口元を手で押さえた。

こうなるとマクシミリアンは何か間違えただろうかと酷《ひど》く不安になってきた。侯爵を怒らせるというのはつまり、ツァンダー伯爵領全体の損失に繋《つな》がるのだ。心配しすぎ、などという事はない。

「いかがなさいましたか、閣下？」

「……何でもない。マクシミリアン卿、刀のリクエストは少し待ってもらってもいいだろうか？」

「え、あ、はい。こちらとしては特に急ぐ理由もございませんので。閣下のご都合のよろしい時に、いつでも」

そうか、と何処《どこ》か上の空で答えるベオウルフであった。

「少し酔ったようだ、夜風に当たってくる。皆は構わず楽しんでくれ」

そう言ってバルコニーへ向かおうとする。その背に他人を拒絶するような雰囲気が溢《あふ》れていたので、誰もお供しますとは言えなかった。

マクシミリアンはこれで偉い人との話は終わりだと安堵《あんど》半分、困惑半分といった気分であった。

しかし鬼哭刀を返すついでにベオウルフから小声で、

「お前も来い」

と、鋭い目付きで言われてしまった。間違いなく面倒事である。

マクシミリアン・ツァンダー伯爵の長い夜はまだ始まったばかりであった。

ダンスホールを抜け出して月明かりが照らすバルコニーにふたりきり。これが美しい女性とならばロマンチックなのだろうが、残念ながら待っていたのは厳《いか》つい顔の男であった。

愛想笑いを浮かべる必要もなくなったか、ベオウルフがじろりとマクシミリアンを睨《にら》み付けた。

「今から話すことは他言無用だ」

じゃあ聞きたくないです、と言えればどれだけ楽だったか。マクシミリアンは観念したように頷《うなず》いた。

「蛮族どもとの和平交渉が水面下で進んでいる」

「それは、おめでとうございますと言うべきでしょうか」

「無駄金を使わなくて済むなら結構な事だ」

南の国境際で異教徒の国ともう十年ほど小競り合いを続けていた。大きな争いに発展することはないとはいえ、ずっと軍隊を張り付けているのは国庫に大きな負担をかけていた。

周辺の村も荒れ放題であり、両国が共同で増えすぎた野犬の退治をするような事まであった。

領土は増えない、戦利品も賠償金も取れない。それでいて金と食料は消費し死人も出る。

戦争に正義はあるか、悪はいるか。少なくともこの戦争については無駄の一語に尽きる。

「教会の連中、異教徒の土地を占領して改宗させろと散々煽《あお》っておきながら、戦争が長期化するとわかるとあっさり手を引きやがった」

「閣下、教会を非難していると誤解されるような発言は慎むべきかと」

「……そうだな。誤解、誤解をされては困るな。私は敬虔《けいけん》なる神の信徒であり、国家の行く末を憂いているだけだ」

ベオウルフは苦い物でも吐き出すように言った。そして、マクシミリアンは何故《なぜ》和平交渉をこっそりとやらねばならないのかを理解した。教会からの横槍《よこやり》を警戒しているのだ。

損得勘定からすれば誰も得しない戦いなどさっさと終わらせた方がいい。戦争に向けるエネルギーを領地の発展に注ぎ込んだ方がよほど建設的である。

教会の司祭たちもそれはよくわかっているはずなのだが、中には本気で異教徒を殲滅《せんめつ》するのが神の為だと信じている者がいた。そういう人間が一番厄介だ。資金がどうとか、人的資源がどうとか、占領地の管理の難しさだとか、そうした問題をいくら説いても聞く耳を持たないのである。神のご意志は全てにおいて優先される、と。

「あいつら、信仰が耳に詰まっていやがるからな」

ベオウルフが憎しみを込めて言い、マクシミリアンは慌てて周囲を見渡した。特に誰もいないようだ。

ツァンダー伯爵領は南の国境からは遠く、小競り合いには参加していない。たまに王家から協力金を要求されて舌打ちするくらいであった。その為、マクシミリアンはどこか他人事《ひとごと》のように考えていた。

国境際で戦争をやっているらしい。金がかかる、ああそうなんだ。止めちゃえばいいんじゃない？彼はそれくらい他人事である。面子《メンツ》と利益と憎悪が絡み合った状態での和平交渉が如何《いか》に難しいものかもいまいちピンと来なかった。

「問題はここからだ。蛮族どもの風習でな、手打ちをする時はお互いに贈り物をしなけりゃならん。奴《やつ》らの幹部のひとりに金を掴《つか》ませて聞き出したところ、『覇王の瞳《ひとみ》』と呼ばれる特別なダイヤモンドを用意しているとのことだ」

「特別なダイヤですか。それは実に素晴らしいですねえ」

「……気楽に言ってくれるな。こちらも同等かそれ以上の物を用意しなけりゃならんのだ。そうでなけりゃ奴らから国家として下だと見なされる。信じられるか、私たちが蛮族どもから文化で劣る猿だと言われるんだぞ？」

和平交渉が決裂するだけならばまだマシな方だ。贈り物を用意できなかったという結果は周辺諸国にも伝わるだろう。そして蛮族たちだけでなく他の国々からも舐《な》められる事になる。

この会談が国家崩壊のアリの一穴にもなりかねないのだ。

「具体的にダイヤモンドとはどれくらいの大きさなのでしょうか？」

「それがわからんから、こちらも何を用意すればよいのかと悩んでいるのだ。適当な壺《つぼ》か彫刻でいいのか、既存の宝刀を渡せばいいのか、それこそ蛮族の王の好みに合わせてお作りしますとまで言わなきゃならんのか」

マクシミリアンにもおぼろげながら話が見えて来た。向こうの習慣に合わせねばならないという事は、和平は王国側から言い出したのだろう。

恐らく蛮族どもは贈り物の価値で相手を潰《つぶ》すという外交を得意としている。そうやって統合吸収を繰り返して出来た国なのだ。

……蛮族、そうだ。蛮族という呼び方が悪い。

異教徒とか蛮族とか、ただ同じ神を信じていないという理由で相手を見下し知ろうともしてこなかった。そのツケが回ってきたのだ。

それを失態だと教会が認めるはずはない。認めてしまえば支配力の低下に繋がるからだ。聖書には『間違えたら謝りましょう』と書いてはいなかったか。少なくとも司祭たちにそのつもりはなさそうだ。

この世に神はただひとり。他は全て邪教であり、唯一神を崇《あが》める聖職者たちが最も高貴な存在なのだ。そうでなくては彼らが困る。

ここに来るまでは想像もしていなかった面倒な事態だ。和平交渉を成功させたい者、失敗させたい者がそれぞれの陣営にいるのだろう。

「マクシミリアン卿《きょう》、悪いが場合によっては鬼哭刀を召し上げるぞ」

「……見返りは？」

ベオウルフは薄く笑って、マクシミリアンの評価を一段上げた。何故かとも、嫌ですとも言わなかった。それはこの状況を正しく理解しているという事だ。

どうせ断りきれないいならば少しでも有利になる条件を引き出したい。マクシミリアンの理解の早さよりも、見返りを求めた事をベオウルフは評価をしていた。

……貴族とは、そうでなくてはな。

侯爵の威光を恐れて額を床に擦《こす》り付けるだけならパートナーにも共犯者にもなれないのだ。

「貴卿が王宮に自由に出入り出来るよう取り計らおう。それと、私が個人的に借りを作る事になる」

「ふたつ目の方がメリットが大きそうですね」

「あまり怖い事を言ってくれるな。なるべく早く返済したいところだな」

そう言ってふたりは笑い合った。秘密を共有する事で少し打ち解けてきたのかもしれない。

「ついでと言っては何だがもうひとつ謝っておこう。この約束、文書で残すわけにはいかないぞ」

「文書でなくとも構いません。代わりに何か証《あかし》となる物をいただけませんか」

食い下がるマクシミリアン。

ベオウルフがここで『俺の事が信用できないのか』と一喝すれば追い払う事は出来るだろうが、信頼関係は失われる。信じろと強要する事ほど信頼から程遠い行為はない。

ベオウルフは左手で腰の剣を撫《な》でながら考えた。これならば十分、質になるだろう。この剣を渡すことの意味は何か。じっくり話をしたのは今日が初めてという相手をどこまで信用できるのか。

……どこかで賭《か》けに出なければならない場面は出てくるものだ。

腰から剣を鞘《さや》ごと引き抜き、マクシミリアンに差し出した。

「エルデンバーガー家の宝剣だ。私がこの剣を差している所を戦場で多くの者が見ている」

見る者が見ればベオウルフの佩刀《はいとう》であるとすぐにわかる。もしもベオウルフが約定を違《たが》えた場合、彼の政敵の所へ持って行って訴えれば致命傷と言わずともかなりのイメージダウンになるだろう。

マクシミリアンの訴えを事実無根だと言い張っても、何故マクシミリアンがこの剣を持っているのかという点で説明が付かなくなる。

それだけの物を差し出された。

自分で言い出した事である、マクシミリアンはただで帰る訳にはいかなくなってしまった。

……なるほど、贈り物には同等の物を出さなければ無礼となる。なかなか難しいものだ。

マクシミリアンは意を決して鬼哭刀を差し出した。ベオウルフはしばし黙って見ていた後、それを受け取った。

「よいのか、今受け取っても？」

「全てが無事に終わった時、また交換しましょう」

「わかった、大切に預かろう。何か動きがあったらこちらから連絡する」

深く一礼し立ち去るマクシミリアンの背を、ベオウルフは顎《あご》を指先でなぞりながら興味深く眺めていた。

……掘り出し物とは奴自身であったかもしれぬ。

ベオウルフの剣が重いせいか、マクシミリアンの身体《からだ》が少し左に流されているのは見なかった事にしてやった。

書き下ろし番外編　家族の肖像

この時代、貴族の食事は日に二回で労働者は朝昼晩の三回というのが一般的であった。ルッツは当然後者であり、クラウディアも食べる量を減らして付き合っていた。

「そういえば俺、クラウの事何も知らんなあ……」

朝食を終えて居間でのんびりとしていると、ルッツがふと思い付いたように呟《つぶや》いた。これにはクラウディアも心外だといった顔をして、自分で豊満な胸を揉《も》みしだきながら言った。

「おいおいおい、毎晩あれだけ弄《いじ》り回しておきながら何も知らないとはどういう了見かね」

細い指がめり込み形を変える乳房のなんと扇情的な事か。下半身にむず痒《がゆ》さを感じながらルッツは否定するように手を振った。

「すまない、言い方が悪かった。俺が言いたいのはつまりクラウの過去について何も知らないなと、そういう事だ」

「過去ぉ？　それこそ君も知っているだろう、モグリの鍛冶屋《かじや》から斧《おの》とか鍋《なべ》とか仕入れて売り歩くしがない行商人さ」

「それだ、それだよ」

「ふぅン？」

やはり何の話だかわからぬと首を捻《ひね》るクラウディアであった。

「ただの行商人にしては妙に物知りと言うか、先が見えているというか、高度な教育を受けた人間のように感じるんだ」

一口に行商人と言ってもその内情は様々である。ルッツが今までに出会った行商人の中には野盗まがいの者や読み書きも出来ないような者たちがいた。いや、城壁外に住む商人など大半がそんな連中だろう。

そうした中でクラウディアの知性ある振る舞いは異質とも呼べるものであった。

「ああ、その事か……」

クラウディアは視線を宙に放り出し、困ったような顔をして人差し指をくるくると回していた。

「ルッツくんは本当に私の事が好きなんだねえ」

「え？」

「私は君に現在も未来も捧《ささ》げたつもりだが、それでも飽きたらず過去まで欲しいと、そういう事なんだね？」

そうなのだろうか、そうかもしれない。ルッツは疑問を残したまま表情だけは引き締めて頷《うなず》いた。

「まあ、別に隠すほどの事ではないからねえ。この前はルッツくんのパパの話を聞かせてもらったし、私も父の話でもしようか……」

どこから話せばいいのかとクラウディアは顎を撫でながらしばし考え、口を開いた。

「ある日、母がこう言った事がある。父はあなたに恋をしているのだと」

「うん？」

「おっとルッツくん、妙な顔をするんじゃない。性的な意味じゃないぞ。それは君自身が一番よくわかっているだろう」

「あ、はい。ごちそうさまでした」

「言いたい事はわかるが露骨だねえ。まあいいや、話を続けよう」

クラウディアは長い睫《まつげ》を伏せて、ぽつぽつと語り始めた。


私の家は代々続く由緒正しい商人の家でねえ。百年ほど前は城塞《じょうさい》都市にでっかいお屋敷を構えていたそうだ。もっとも、私が物心つく頃《ころ》にはすっかり落ちぶれて名家の『め』の字もなかったがね。昔は凄《すご》かったとか言われても、ああそうなんだとしか思わなかったよ。ただ、父の考えは少し違っていたようだ。

家は借家で小さなお店があって、母が店番をして父が行商に出掛けるという生活をしていたんだ。それで貧しいながらも上手《うま》くやっていたのさ。

幸か不幸か、私は子供の頃からおつむの出来が良くってねえ。蝶《ちょう》よ花よと育てるうちに父が夢を見始めたんだ。この子なら家を再興してくれるに違いないって。

それから私は色んな本を買い与えられ、何人もの家庭教師を付けられた。貧乏商人の身の丈に合わない散財さ、当然生活は苦しくなった。

仲が良かったはずの両親はいつも喧嘩《けんか》ばかりするようになった。いや、あれを口喧嘩と呼んでいいのかな。母の『もう止めて』という悲痛な叫びばかりが耳に残っているよ。

そんな時、父はいつも怒るのではなくきょとんと不思議そうな顔をしていたよ。どうしてこの女には理解出来ないのだ、とね。

母がどれだけ必死に訴えても、

『これは未来への投資だ』

『いつか俺たちは幸せになれる』

と、聞く耳を持たなかった。

仕入れに出たはずの父がそのお金を使って本を買って、満面の笑みで戻ってくるなんて事もしょっちゅうあった。

母は泣き崩れ、父は面倒くさそうに母から離れ、私に笑顔で本を渡すんだ。子供にはどうすればよいのかわからず、作り笑いを浮かべてそれを受け取るしかなかった。

……正直言って、いい迷惑だったねえ。

母の泣き声と父が苛《いら》つきながら言い訳にならない言い訳をならべる声を子守唄《うた》に毎晩眠らなきゃいけないんだ、頭がおかしくなりそうだった。

いつも私には、私にだけは優しい父だったが、もうお勉強をやめたいと言ったら鬼のような形相でぶん殴られたものさ。

それから父は顔の腫《は》れ上《あ》がった私を抱き締めておんおん泣き出すのさ。痛かっただろう、苦しかっただろう、でもこれも全《すべ》てお前の為《ため》なんだって。

怖いというよりもただひたすら不気味だった。我が父ながらこの人とは一生わかりあえないだろうと思ったよ。

ある日、母が私に店番を任せて出かけようとしたんだ。母の背中に覚悟のようなものを感じ取って、私は声をかけたんだ。

『お母さん、もう帰って来ないの？』

ってね。

母は驚いて振り向いた、そして悲しそうに言った。

『お父さんはあなたに恋をしている、もうここに私の居場所はないの』

何て答えればいいのかわからなかったよ。母は家族を捨てようとしている、でもそれは正しくて仕方のない事だとしか思えなかった。

家族の仲を修復しようと頑張って、頑張って、頑張ったんだ。それでもダメだった。誰《だれ》に母を責める権利があるというんだ。少なくとも私にはなかった。

『お母さん、その、身体に気を付けて……』

それだけ言うのが精一杯だった。

『いっ……』

そう言いかけて母は口をつぐんだ。一緒に来ないかって言おうとしたのかな、でも母にはそう出来ない事情があったのだろうね。

ここから先は下世話な想像になるけど、多分男と一緒に逃げるつもりだったのだろうねえ。逃避行に連れ子なんて邪魔なだけさ。

……母はモテたのかって？

おいおいルッツくん、愚問だなあ。私のお母さんだよ？　やつれていたって花は花さ。生活に疲れはてた美女がいれば手を差し伸べたくなる男はいくらでもいるだろうさ。差し出したのは手だけじゃないだろうけど。

話を戻そう、それから数日後に父が行商から戻って来たが私は母が逃げたとは言わなかった。ただ、お母さんが出かけたまま帰ってこないの、と馬鹿の振りをして言っただけさ。

父はこの期に及んで何故《なぜ》だとしか言わなかった。自分に原因があるとは思わず、理解しないあいつが悪いとしか思えなかったのだろうね。

家庭教師を雇う余裕はなくなった。まあ、それはいいんだ。母のいない娘ひとりの家に男を連れ込む事には抵抗があったからね。

それから私はひとりで本を読みながら勉強するようになった。読み書きはスラスラ出来るようになっていたからそれは問題なかったよ。

母がいなくなって店を閉めた分、収入は減って生活は苦しくなった。父は朝から晩まで必死に働いて、さらに節約して私に新しい本を買い与えた。

勉強が嫌だとは言えなくなってしまった。同世代の子たちと一緒に外で遊びたかったんだけど怠ける訳にもいかなくてねえ。

父が帰ってくるといつも、どんな本を読んだかとか何を学んだかって聞いてくるんだ。いや、束縛されていた訳ではないよ。父はそうした話をものすごく嬉《うれ》しそうに聞くんだ。私の成長を確かめればまた明日から頑張れるって。

悲しい顔をさせたくなかったから勉学に励むしかなかったのさ。おかげで私に同世代の友達は全くいないよ、泣けるねえ。

そんな生活が数年続いたある日、父はあっさりと死んだ。私は別に驚きも悲しみもしなかった。解放されてせいせいした、というのも少し違うな。いつかそうなるだろうと思っていた事が起きた、それだけさ。

私は山のように積み上げた本を全て売り払って父の葬儀を出して、余ったお金と遺《のこ》された馬車を使って行商人になったのさ。

……いやあ、本で読むのと実際に働くのでは全然違ったねえ。失敗続きでお金なんてすぐになくなってしまったよ。

正直言って自惚《うぬぼ》れていた、周りの人間が皆馬鹿に見えていた事もある。知識というのはあくまで武器のひとつであって、輝かしい未来を保証してくれる訳じゃないんだねえ。鍛冶屋の妻っぽい事を言わせてもらえば、どんなに良い武器を持っていても持ち主がヘボならやっぱりダメさ。私は知識の活《い》かし方というものを知らなかった。

まあ、それから何とかやりくりしながら行商の仕事を学んでいって、城壁外に腕のいい鍛冶屋がいると聞いて付き合いを始めた訳だよ。

……私の昔話はこれでおしまい、ご清聴ありがとうございました。


クラウディアは胸を大きく起伏させながら息を吐き、椅子を持ってルッツの隣に座って身を寄せた。彼の肩に頭を乗せて、呟くように言った。

「いつか私に子供が出来たら、父の死と母の失踪《しっそう》を悲しむ事が出来るのかねえ……」

「泣けないから自分は冷たい人間だ、などと思う必要はない」

「……うん、ありがと」

前方に何があるという訳でもないが、ふたりはしばらく黙ったまま前を向いていた。同じ方向を

向いている、ただそれだけの事がとても価値ある時間のように思えた。

「勝手に子供がどうのと話を進めてしまったが、ルッツくんは子供が嫌いだったりしないだろうね」

「自分が父親になる姿というのは想像出来ないが、君の子供ならばきっと可愛《かわい》らしいだろう。愛せる自信はある」

「そりゃどうも」

クラウディアは少し安心したように微笑《ほほえ》んだ。ルッツの言葉はいつも簡潔で、優しく頼もしい。

「親が子供の前で喧嘩なんかしない、むしろ仲がよすぎて呆《あき》れられるくらいの温かい家庭にしたいねえ……」

「大丈夫、特に意識しなくてもそうなる」

「違いない」

ふたりは膝《ひざ》の上で手を重ねた。十年後も、二十年後も、きっとこうしているだろう。

あとがき

この本を読んでくださった皆さん、WEB版から応援してくださっている皆さん、イラストのカリマリカ先生、編集のO氏、全《すべ》てのスタッフの皆さんにこの場を借りて深くお礼申し上げます。

さて、本作『異世界刀匠の魔剣製作ぐらし』の元となるWEB版『異世界刀匠魔剣製作記』は今のところほぼ毎日投稿をしており、お休みする時は出来る限り告知するようにしています。

大変じゃないかと聞かれれば、ハッキリ言って大変です。時間がない、アイデアがない、それでも何とか書かなきゃならない。毎日頭を抱えて転げ回っています。不審者そのものです。

『もう無理、絶対に無理、出来るはずがない！　……あ、出来たわ』

そんな事の繰り返しです。

小説投稿サイト『カクヨム』には予約投稿機能がありますが、家を出る前に予約しておこうといった使い方をした事はほとんどありません。何故《なぜ》なら書き溜《かた》めなどまったく出来ていないからです。一話分だけでも余裕を持っていれば毎日時間に追われる事もないのでは、と言われてしまえばまったくもってその通りです。

恥を晒《さら》すようですが、私はある程度追い詰められないと何も書けません。子供の頃《ころ》、夏休みの宿題は八月の二十日を過ぎてようやく焦りだすタイプでした。いや、二十日あたりでは焦るフリをするだけで本当に動き出すのは二十八日くらいでしょうか。

我ながらどうしようもない宿題ハムスターでした。

日記はほぼ捏造《ねつぞう》、そこで物書きとしての下地が作られたと思いたくはありませんが。

毎日この時間に投稿をしろなどと誰《だれ》に言われた訳でもない、強要されてもいない。自分で勝手に決めたルールに勝手に苦しんでいる、馬鹿な真似《まね》だと言われてしまえば深く頷《うなず》くしかない。

しかし同時に、それが努力の本質であるとも思います。

もちろん辛《つら》いだけではなく納得のいくものが書ければ嬉《うれ》しいし、読者の皆さんに良い反応を頂ければさらに嬉しいものです。

教科書の落書きから始まり、ゲームの作製、アスキーアートという文字を組み合わせた絵による表現、小説の投稿と形を変えながら、物語を作るという事だけは一貫して続けてきました。十年前も、十年後も、きっとずっとそうしているでしょう。

こうして一冊の本を世に出せたのは皆様の応援あっての事であり、改めてお礼を申し上げ、あとがきの締め括りとさせていただきます。

荻原数馬《おぎわらかずま》

カドカワBOOKS

異《い》世《せ》界《かい》刀匠《とうしょう》の魔《ま》剣《けん》製《せい》作《さく》ぐらし

2023年４月10日　初版発行
2023年７月30日　再版発行

著者／荻原《おぎわら》数《かず》馬《ま》

発行者／山下直久

発行／株式会社KADOKAWA

〒102-8177
東京都千代田区富士見2-13-3
電話／0570-002-301（ナビダイヤル）

編集／カドカワBOOKS編集部

印刷所／大日本印刷

製本所／大日本印刷

●お問い合わせ
https://www.kadokawa.co.jp/（「お問い合わせ」へお進みください）
※内容によっては、お答えできない場合があります。
※サポートは日本国内のみとさせていただきます。
※Japanese text only

Printed in Japan
ISBN 978-4-04-074850-4 C0093

新文芸宣言

かつて「知」と「美」は特権階級の所有物でした。

15世紀、グーテンベルクが発明した活版印刷技術は、特権階級から「知」と「美」を解放し、ルネサンスや宗教改革を導きました。市民革命や産業革命も、大衆に「知」と「美」が広まらなければ起こりえませんでした。人間は、本を読むことにより、自由と平等を獲得していったのです。

21世紀、インターネット技術により、第二の「知」と「美」の解放が起こりました。一部の選ばれた才能を持つ者だけが文章や絵、映像を発表できる時代は終わり、誰もがネット上で自己表現を出来る時代がやってきました。

UGC（ユーザージェネレイテッドコンテンツ）の波は、今世界を席巻しています。UGCから生まれた小説は、一般大衆からの批評を取り込みながら内容を充実させて行きます。受け手と送り手の情報の交換によって、UGCは量的な評価を獲得し、爆発的にその数を増やしているのです。

こうしたUGCから生まれた小説群を、私たちは「新文芸」と名付けました。

新文芸は、インターネットによる新しい「知」と「美」の形です。

2015年10月10日
井上伸一郎

歩くたび増えていく
新しい出会い、新しいスキル
この世界で、
のんびり旅はじめます。
講談社
マンガアプリ
「マガジンポケット」にて
コミカライズ
決定!!
漫画：小川慧

異世界ウォーキング
シリーズ好評発売中！
あるくひと
[illust.] ゆーにっと
カドカワBOOKS
異世界に召喚された日本人、ソラが得たスキルは「ウォーキング」。「どんなに歩いても疲れない」というしょぼい効果を見た国王は彼を勇者パーティーから追放した。だがソラが異世界を歩き始めると、突然レベルアップ！　ウォーキングには「1歩歩くごとに経験値1を取得」という隠し効果があったのだ。鑑定、錬金術、生活魔法……便利スキルも次々取得して、異世界ライフはどんどん快適に！　拾った精霊も一緒に、のんびり旅はじまります。

鍛冶屋ではじめる異世界スローライフ
シリーズ好評発売中!!
第4回カクヨムWeb小説コンテスト
異世界ファンタジー部門〈大賞〉

最強の眷属たち――
その経験値を一人に集めたら、
史上最速で魔王が爆誕!?
第7回カクヨム
Web小説コンテスト
キャラクター文芸部門
特別賞
黄金の経験値
特定災害生物「魔王」降臨タイムアタック